爪

題　字　　園田靖美
表紙絵　　出水沢　匠
表紙デザイン　カルンソティ聡子

目次

爪

胸騒ぎのする朝であった。

どんよりした空模様のせいか。定かではない明け方の夢が尾をひいてのことか。悪い知らせなど来ないようにと、一女《かずめ》は、泥田に向かう前に厄払いの咳をひとつして、どうか、お天道ガナシと胸元で手を合わせた。

子を島の外に送り出している母親にしてみれば、ことさら声に出さなくても、東の海に向かい朝晩に手を合わせる習慣が身についている。それに、今では夫の高明も旅先の寝起きが長い人である。

家を空ける日が多い夫の上には、なにかと噂が飛び交っている。聞きたくもない話だが、聞かぬままではすまされないところまで来てしまったようだ。今度こそは、帰ってきたらしっかりと道をつけなければ。高明に寄り添っていると思われる影を、これ以上放っておくわけにはいかない。果報グトゥ、アラシタボレ（いい日でありますように）。一女は、いつになく声に出して唱える。

陽が昇らぬうちに、ひと仕事済まさなくては。

黒いゴム長靴を太ももまで伸ばし、息子の着古したスポーツシャツの袖をたくしあげた。あれこれ着てみたが、泥染めの作業にはこのシャツが一番いい。伸縮が利いて、汗も吸い取る。冬は冬で、肌シャツの代わりにもなる。

シャリンバイの煎汁で茶褐色に染められ、乾かされた絣莚《かすりむしろ》を抱いて、一女は泥田に入った。山すそのヒカゲゴケやイタジイが朝露を受けて光っている。夜のうちに静まった泥肌は、一女が歩くたびにさざめき立つ。靴の底から泥の冷気が立ちのぼる。

小さな屋根で日除けを作った自分の仕事場まで来て、板の上に絣莚を置き、そのなかのひと山を泥に浸した。しゃがみこんでゆっくりゆっくり莚《むしろ》に泥を馴染ませる。まんべんなく染み込ませたら、今度は板の上で叩く。泥に戻してさらに揉み込む。男たちの腕で締め込まれてごわごわした絣莚が、水分を含み、一女の手で揉まれていくうちにしなやかさを増す。三十年というもの、真夏といわず真冬といわず田に入り、体が覚え込んだ一連の作業であった。
七、八年前、大島紬の売れ行きが急激に落ちた頃には、存続さえ危ぶまれた家業である。それまでが良過ぎただけに、ショックは大きかった。

ここ「泥染めの藤堂」は、伝統のある染物屋である。不況が続くなかでも、地道に仕事を続けて来た。ここに来てふたたびの活気を帯び始め、長いトンネルをくぐり抜け、溜めていた息を吐き出している心持ちである。

紬景気といわれた頃とは比ぶべくもないが、それでも秀《よ》いものさえ作ればこの先も生き残っていける、という兆しが見えたことは何よりである。十数軒はあった染物屋も、不況の間にひとつふたつと店仕舞いしていって、今では数えるほどしか残っていなかった。そのことも、忙しくなった理由のひとつであった。

しんなりした絣莚を桶に入れ、一女は川に向かった。そこで泥を洗い落とすのである。かつては近くの川でも十分に行えた作業だが、今はそうはいかない。家庭排水や護岸工事で水質が落ちていた。毎年、上流へさらに上へと少しずつ場所を変えなければならなくなっている。

石でせき止めた流れに、絣莚を放してやる。まるで黒い魚でも泳ぐように莚は広がり、沈んでは浮き上がる。一女は両手で掬い上げ、小分けしては絞り、桶に戻す。後は染物小屋に運び、そこでふたたびシャリンバイの煎液に浸し込み、揉み込んで、乾燥させる。それを幾度か繰り返す。そうしながら、光沢が増し、重ねの色といわれる泥染めの深みも増していく。

川縁にでんと座った石に腰を下ろし、ゴム長靴を脱いだ足を水につけた。指から手首へ、そして二の腕もひたし、軽くこする。大きく息を吐き出し、上半身を後ろに逸らす。一女の全身力が抜けていく。

泥が落ちた二の腕から、手首へと赤みが戻る。指先と爪の間にめり込んだ泥を、片方の爪で取ろうとして、我ながら一女はおかしくなった。

また同じことをしている。

うちの爪は用を足さんかったのに。

泥でふやけて、先の部分はぜんぶ泥田に溶けてしまった。いや、シャリンバイの染液の中に、か。今では、どんな深爪よりも深くえぐられてしまった。

水辺の草の茎を折り、それで一女は指先と爪の間の泥をたんねんに落とした。

「ほう。カズさーの手も、泥染師《どろぞめし》の手になっていきよる。爪が擦り減っていく、それが何よりの証拠じゃ」

言葉数の少ない舅《しゅうと》が、驚いたように言ったのはあれはいつだったか。舅の前には、火鉢があった。晩酌の酒肴か何かを持って行ったときに呼び止められ、すすめられるまま炭火に手を翳《かざ》したそのとき、のような気がする。

一女はあわてて指を曲げた。そして、あらためて両手の指先を伸ばして見たのである。爪の先がえぐられて、肉との境目には濃い褐色の染液がくっきりと残っていた。

これがうちの爪紅《つまべに》か。

爪の先の化粧など、ほどこしたことのない一女は、そんな思いでしげしげと自分の爪を見た。

一女に泥染めを教えたのは舅の卯市《ういち》である。

役場勤めの父親の元で育った一女には、大島紬の製造はどちらかというと馴染みの薄い仕事であった。台所の横に張り出した板の間に機《はた》を備え、母親が家事と畑仕事の合間に織っていたから、無縁とは言えないまでも、女学校を卒業するまで機物に座ってみることもなかった。ひと家族の中で、少なくとも一人は紬にかかわっていたような時代、島に生まれた者にとって、紬は珍しいものではなかった。泥大島といわれる伝統的な織物の、染めを専門にする家に嫁いで、はじめて、一女は絹糸が反物になっていく工程を知った。

一女が嫁いできた昭和二十年代の終わり、この家の縁側には絣莚が積まれ、庭には地糸の束が幾棹《いくさお》も干されていた。これからは、紬の時代が必ず来るよと、卯市は顔をほころばせ一女を迎えた。

「戦争が始まっていっときはな、まだ良かった。だんだんひどくなってきて、負け戦の匂いがしてきたら、製造禁止になったんじゃ。シャシヒン（奢侈品）じゃな、その製造禁止令というものを出してな。まあ、そんころは空襲で織機は焼かれる、原料は入って来んで、作ろうにも布切れ一枚、できるもんじゃなかったが」という時代であった。

やがて敗戦、人々は今日一日の胃袋さえ満たすこともできず、そんな中で紬業界は深刻さを増し、再興は危ぶまれた。それを救ったのは統治国のアメリカによるガリオア資金、いわゆる琉球諸島復興基金であった。

「負かされた国の情にすがるのは、そら、悔しかった。じゃが、背に腹は代えられんかった。助かった、ほんに、命拾いをした」と、当時を振り返って、卯市はしみじみと回想するのであった。

それからは、原材料の生糸を買う者、機を揃えるもの、荒れ果てた泥田に鍬を入れる者と、製造の各部門で再生の段取りが着々と進められた。やがて復興予算も少しずつ増え、宣伝も強化されていき、業界は一大躍進を遂げた。昭和三十年代半ばごろから十年余り、大島紬の黄金期をつくるまでに成長したのである。

朝と夕方、それぞれ仕事時間を延長して染めなければ間に合わないという忙しさである。夏の夜など、卯市は座敷にも上がらず、縁側に足を下げたまま夕食を済ませ、ふたたび泥田へと向かった。座敷に上がれば体がなまり、荒仕事などする気にはならないという理由からであった。翌日の段取りまで済ませてから、手足の泥を落とし、今度はゆっくり座り直して晩酌をし、最後に好物の七分粥を食べる。その後、しばらくは高明や一女を相手によもやま話をし、眠りにつく。舅の腕にはシャリンバイ染液が赤錆のように染み込んでいた。

卯市は、地味な仕事ぶりながら、島々に名を馳せた染師《そめし》であった。景気が良くなると、他島《たしま》からも染めの注文が増えた。だが、どういうわけか職人をおいそれとは増やそうとせず、見習いから育て上げた使用人を常時、三、四人置くだけであった。

夫の高明も、高等学校を出ると父親について泥染めの見習いを始めた。高明は跡取りである。卯市の鍛え方は厳しく、高明もそれによく耐えた。が、経営方針ではいつも父と対立し、一女をはらはらさせた。

これだけ景気がいいのだから、人を増やせば受注も増える、いくらでも儲かるというのである。それには卯市は耳を貸さなかった。厳選した仕事しかしないというのが卯市のやり方であった。

卯市は卯市で、高明の働きぶりに満足ではなく、尻を据えろ、肝を据えろと言い続けたらしい。長男とはいうものの、女三人続いた後に生まれた待望の男の子であってみれば、その可愛がられようは一女にも想像がついた。その上、母親とは成人する前に死別している。一女の姑となるはずだった人は、子を産み上げて後、十数年というもの入退院を繰り返し、ついに回復することはなかったという。母親亡き後は、近くに住む長女のタキが出入りして家の中を仕切っていた。朝晩は、末娘の花代が台所を見ていた。

「村ヌ遊ビゴトゥチヤ、ヨーリヨーリ行キヨ。戻り方ヤ早《ホ》ーボーットゥ」

集落の遊びごとにはゆっくり行くように、だが、誰よりも早く帰って来い、というのが卯市の口癖だったという。しょっちゅう聞かされて耳にタコができているよ、ほら。そう言って高明は一女に見せたことがあった。

父親と違って、高明は夜まで田に向かうということはしなかった。彼には帳簿整理という大義名分があり、それを隠れ蓑にしているところもあった。心身ともに鋼《はがね》のような父親を尊敬はしているものの、とても自分には真似はできない。高明は早くからそれを知っていたのだろう。

一女《かずめ》は大柄な女である。少女のころから、可愛いふるまいというものが苦手であり、その上、同い年の友人たちのように身を飾ることに興味がなかった。髪の手入れと長さを揃えることだけは小まめにしたが、白粉をはたいたり紅を塗ったりすることはほとんどなかった。風の冷たさや温かさを肌に直に感じるのが好きであり、それは今も変わらない。

何より、自分が写真にとられることが嫌いだった。記念撮影という日には腹痛が起きればいいのにと祈り、生憎、そんなこともなく予定の時がくると、仕方なくいちばん後ろの隅に背を屈め気味にして立った。そんな自分に好意を寄せる男などいないと端《はな》っから決めていたし、自分が好意を持つ人はいても、思いを打ち明けたり態度に表すということを、考えるだけで足がすくんだ。

一女は結婚前、村の小学校で働いていた。始業と終業時に鐘を鳴らし、先生や来客にお茶をいれ、謄写版を使って生徒たちの試験問題を刷る。配給の粉ミルクを鍋にいれて溶かし、学年ごとにバケツに分けて配る。小使いさん、と呼んで話しにくる女生徒や、ケガをして薬を塗ってもらいにくる男の子も後を絶たなかった。学校という場で、母親役をしているようなものであり、その役を一女は気に入っていた。

仕事に就いて二、三年目だっただろうか、たしか寄付か何かの用向きで卯市が校長室を訪れた。黒塗りの盆にお茶を運んで行った一女に、校長は中学の同級生だと卯市を紹介した。会釈をして廊下に出ようとしたとき、一女は呼び止められた。声の主は校長ではなく、卯市である。

「榊さんというたら、大湊の方ですかな」

と聞かれ、続いて父親の名を尋ねられた。

「役場においでの、あの榊さん。そうですか。お父さん似かね、なかなかいい体格をしておいでなさる。一女さんとは、また珍しいお名前じゃ。ご兄弟は？　長女さんだね、やっぱり。弟さんと妹さんが一人ずつの三人な。いやあ、化粧をなさらんから、皮膚が生き生きしておって、健康そのものじゃねえ」

卯市の言葉に一女は顔がみるみる赤らんでいくのを感じ、あわてて頭を下げそのまま校長室を出て来たものの、ほてりはなかなかおさまらなかった。そして、日を置かずに校長から高明との縁談が持ちかけられたのであった。

集落が違い、五つも年が違う高明と、直接、顔を合わせることはなかったが、村々の祭りごとや競技の場で彼の姿を見かけることはあった。年頃の女たちが高明のことを噂しあって、騒いでいるのも聞いていた。その人との縁談である。一女は困った。どうしていいかわからない。

「あの、やかましい男が気に入っての話だから、こりゃ、一女さん、誉れですよ、なによりの話。すすめますよ。私が肝煎り役ですから、早速、ご両親に伝えに参ります」

他でもない校長先生のもってきた縁談と、両親はそれを有り難がり、肝心の本人たちをよそに話は進展した。もちろん、高明が町に出てきて映画に行ったり、二人きりで食事をしたこともあった。それはほんの数回あり、ふたりの時間に浸る間もなく、あれよあれよという間に結納から式へと段取りがなされていった。多くは外からの力に押されるようにして話は決まり、気が付くと藤堂の家に嫁《き》ていたというのが実感である。だからといって、一女に異存があるはずはない。

高明はおっとりして、心根の優しい人だった。向き合っても何も言えない一女を気遣い、退屈させぬように話の穂をついでくれた。さすがに女たちに人気の人だと感じ、その度に身近にいられる自分の幸せを思い返した。

「女にうつつを抜かして、あとあと、カズを泣かしたりせんないいが。そんときは、我慢はいらんぞ、な、カズ。すぐに帰って来い」

何か感じるものがあったのだろうか、父親がふっともらした。嫁に行く前の娘に帰って来いなんて。まあ、父さんはなんちゅうことを、と母親に呆れられていたが、父の顔に冗談の風はない。

寂しいからって、父さん、妙なことを言い出してと、聞き逃すそぶりを見せたが、以来、埋み火のように、いつまでも一女の胸にわだかまっている言葉でもあった。

「気立てが良くてティヤ（手力）があるウナグ（女）が見つかった。上ウナグが嫁にきてくれた」

卯市はだれかれとなく自慢し、そのたびに一女は大きな体を縮めそうになったが、決して悪い気のするものではなかった。こんなに喜んでもらえるのならと、高明とふたりで住む離れと舅の住む表家との区別なく、一日中、こまごまと働いた。

「舅に気にいられてきた嫁さん」

村人の目や口はそのことをあからさまに表した。それがうれしくもあり、誰より高明に気に入られて嫁《き》たのだと思いたい一女は、妙な気もするのであった。それより何より、新しい家の暮らしに慣れることが一女には先決だった。

目に見えて忙しくなり始めた藤堂の家で、ふたたび卯市は夜にもひとりで泥田に向かうようになった。雇い人を夜まで働かせるわけにはいかない、というのである。

夜の田に向かう卯市は、いつもカンテラを提げていた。一女は時間があれば、カンテラを持つ役を請い出ては、舅に付いて泥田に行った。黒く濁った泥の中からどうしてあのような美しい織物が生まれるのか不思議であり、泥田にしゃがみ、糸を揉み込みながら舅の話を聞くのが楽しみだった。ときどきは、並んで田に入り、泥に触れ、糸を浸してみたりした。

そんなことが続いてからのことである。

「どうな、泥染めを習ってみんね。カズさーの手指と心持ちは絹糸と相性がいいと見た。わしもこの仕事は、いつまでもちゅうわけにはいかん。せいぜいあと二、三年かと思うている。跡継ぎをと考えていたんじゃや。他島には、女の染師がひとりふたりはおるそうじゃや。

どうかい、女染師になってみらんかね」

「……義父さんはおかしなことを言われます。跡継ぎは高明さんがおられますが」

「もちろんじゃ。この家の跡はタカが継ぐ。それは決まっておる。じゃが、あれには染めの仕事は向かん。誰に似てか、腰が軽い。職人より、そうじゃな、タカには販売業が合っている。いずれ、そっちの方を考えてみらんなら。人にはそれぞれ向きがある。職人がいるち言うても、任せ切るわけにはいかんのじゃ。家に染めの専門の者がおらんと、監督はできん。人任せではいざというとき、どうもならんのじゃよ。どうじゃな、カズさあ」

舅の見通しの厳しさに一女は驚いた。ゆくゆくは高明が泥染めを止めるだろうというのである。夫には他の道が向いているのだと。それであれば、藤堂の家の誰かが今のうちに染めの技術を受け継がなければならない。

「わかりました。教えてください。染めを覚えてみます」

「聞いてくれるか。そうか。校長んところで初めてカズさあーを見たときから、ぴんと来たんじゃ。わしの目に狂いはなかった」

と卯市は白状し、やっぱり、うちの腕の太さが見込まれたんですかと一女も軽口で応じ、夜の田で笑いあった。

実家とは違い、商家は人の出入りも多く活気があった。高明と住む離れから母屋に来て、一女は義姉のタキにこの家の家事の取り仕切り方を習った。二十幾つも年が離れているタキは、それはなんでも丁寧に教えてくれたから、一女は何かあれば姉さん姉さんと呼び、頼りにしては、なんだか母親と娘のようだなどと高明にからかわれた。

結婚後まもなく、染めを習うことになった一女は、家のことを済ませた後、昼からは毎日のように舅のいる田へ向かった。田の一角には高明の姿もあったが、一女は舅の横に並んで糸扱いを覚え、揉み込みや打ち付け方の要領を覚えた。初めの二、三カ月は単純な地糸を染め、慣れるに従って絣莚へ移るというのが泥染め修行の順序らしい。

絣莚は、経糸と横糸を締め機で締めこんでつくる莚である。大島紬の模様をなす部分であり、締めの加減、染めの加減で模様の浮き出し方が微妙に違ってくる。大島紬の特徴である幾何学的な絣の、角の切れ具合が鮮明になるかどうかも問われる。莚がほどかれ、千二、三百本の糸になって織機にかけられるときに、締めと染めの力量がはっきり出てくるだけに、両方とも油断はならなかった。

絣莚を握ってみると、締め職人の力の強弱や癖がわかる。それによって染めをする者は、糸の揉み込み具合や、泥のくぐらせ具合、シャリンバイ染めのときの石灰の量を加減する。染めの一連の作業はすべてを勘に頼るしかなく、そうして仕上がった原料は、最後の工程の「織り」に大きく影響を及ぼす。締めと染めと織り。これが大島紬製造の三本柱であり、これらはすべて分業となっていた。

「力を入れることはないんじゃ。柔らかく扱って、均等に染め液を吸い込ませる。染めの怖いところは、な、織機にかけて初めて色が見えることなんじゃ。これが怖い」

染めの仕事の薙を、卯一は念を押して教えた。何十年も田に入り、体中が染液に染まっているような義父にとっても、なお怖いというこの仕事の奥の深さ。一女は紙に書き留める思いで胸に納めた。

「しまったと思ったときには、もう遅い。頼み主の好みを知り、染め色の濃さを調節できるまでには、なかなかの時間がかかる。糸は正直だから、斑《むら》染めをすると必ず結果に出る。糸の間に泥の塊が入ってないか、こうして透かして見て、な、そうじゃ、根気強くやっていけば大丈夫。腰が痛むじゃろ、どうじゃ。しばらくは、辛いよ。じゃが、すぐに慣れるから、心配はいらん」

卯市は頃合いを見て畦に座り、キセル煙草をおいしそうにくゆらした。

「あせることはないよ。揉み込んでいくうちに腕が、いや体が覚えていく。簡単に覚えたものは、忘れるのも早い」

父親と妻が並んで座る姿を、高明は斜めに見ながら、自分も並んで畦に座ろうとはしなかった。

高明の優しさは結婚してからも変わらず、五つという年の差からか、一女を見る目に余裕があった。肉が張りつめている一女の腕を、珍しそうにさわっては、気持ちがいいねえなどと自分の頬に当てたりして、茶目っ気を見せた。台所の味噌甕《がめ》に手を入れるものの、一女の腕はなかなか抜けなくて、くるりと回して抜くと、ぽんと、それはそれはいい音を立てた。高明はその音を聞き付け、甕が鳴った、親父さんが見込んだ宝の腕じゃねと声をたてて笑った。

「カズさんほど、見かけと中身がちがう人も珍しいねえ」

酒が入った夜など、一女の梳《す》いた髪に指を這わせながら、しみじみとそんなことも口にした。何を指して言っているのかわかったのは、後になってからであった。今にして思えば、高明は一女を知る前に異性の体験があり、それも一人や二人ではなかったということが窺えた。


——どうしたというのだろう。今日は不思議と夫のことが思いだされる。もうすぐ帰ってくるという前触れだろうか。うちには、あんたしかいないんですよ。嫌な噂も今なら、こん川の水に流してやります。相手のことは自分で道をつけて帰って来なされや。

一女は腰掛けていた石から立ち上がり、水をひとすくいふたすくいして、顔を洗った。

さっきの胸騒ぎは、あれは思い過ごしにちがいない。冷たい水で顔を洗うと、立ち込めていた霧が払われたような気がして、一女は大きく息を吐き出した。

桶を抱えて乾燥小屋に近づくと、つよい酸味のシャリンバイの匂いがしてくる。一女の馴染んだ匂いである。潮風に吹きさらされて生育した岩場のシャリンバイの木の幹を、チップ状にして煮込んだ茶色の煎汁。これが、泥染め独特の渋みと風合いを出す。この木に含まれるタンニンが染着成分というもので、収斂味を出すそうな。なめし皮みたいにしてくれるんじゃろな、と卯市が教えた。

大釜にチップとたっぷりの水を入れる。朝一番に火を焚きつけて沸騰させ、水を補充しながらそのまま夕方まで煮続ける。チップを取り上げて一晩、汁を寝かせる。薄めてさらに放置してから染液として使う。一女が嫁いできたころは、見習いの子が積み上げたシャリンバイを斧で細かく刻んでいたが、やがてほぼ同じ大きさに機械が刻んでくれる。

「シャリンバイ染めの後にはかならず石灰液で漬け込み洗いをする。これが肝心なんじゃ。石灰を使わんことには、何百回染めても、こんなにいい色は出んぞ」

媒染剤の石灰の働きと分量や、火加減についても卯市はこまごまと教えた。十七、八の年から習得した技術や勘をすべて一女に教え込まなければと、必死になっているようにさえ見える。

　お義父さんは追い立てられておいでのようじゃ。一女はふっと感じたが、これが男の性分なのだろうとさして気にも止めず、時間の許すかぎり卯市のそばにいて、泥に馴染み、シャリンバイの匂いに馴染んでいった。

　夜は夜で、高明から紬にまつわる話を聞いた。

「天から降ってきた隕石が山に当たって飛び散り、うちの田にも大量に入った。そのせいで鉄分が豊富なんだそうだ。鉄分がシャリンバイの木のタンニン酸というものとうまく混ざって紬の糸は黒く染まる。してみると、泥染め紬は天からの贈りものということになるなあ」

　天からの贈り物。なんて美しい言葉だろう。そんなふうな言い方をする高明の、父親とは一味違った、ふんわりした心持ちに一女の心は捕らえられていく。鉄分とタンニン酸が生み出す重ねの色。そういう味わいがいつか、うちとこの人の間にもできるだろうか。きっとできる。彫りの深い夫の横顔を見ながら、一女は幸せな気分に浸る。

「紬は役人しか着ることができなかった、そんな時代があったと聞きましたが」

「そうだよ。明治世の前、藩政の頃のことじゃね。島ん人は芭蕉布しか着てはいかんと決められていた。じゃがな、蚕の繭で拵えた着物をこっそり持っている者がおったんじゃやち。

取り調べが来たちゅうんで、あわててそれを田の泥に隠した。日を置いて取り出してみたら、それがいい艶を出しておって、そっから泥染めが始まったと、聞いたことはある。じゃが、ほんとはどうなんか、なあ」

加工前の原料を借りてきては紬の工程を説明し、資料となる本を引き出してきて高明は一女に薦めた。

図案に始まり、糊付け、糊張り、絣締め、染め、摺り込み、管《くだ》巻き、そして織りと、一反の織物に仕上がるまでに、原料の糸は一体どれだけの人の手をくぐるのだろう。一女はため息をつく。細い絹糸は何十という工程をこなし、こなしながら強くなり、美しくなっていく。数多い工程のなかで、自分は染めを受け持つ職人になるのだという自負も次第に芽生えて行った。

何かに追い立てられているのではと、卯市の身を案じた一女の勘は外れてはいなかった。嫁いできて二年後、卯市が病に倒れた。腎臓病であった。溶けるように体がだるく、思うように尿が出ないと言い、みるみる顔や体がむくんでいく。診察に行ったときにはすでに手遅れというのである。それまで堪えに堪えていたのだろう、朝晩、顔を合わせていながら父親の体の変調を見抜けなかったと、高明もタキも花代も悔しがった。

都会に住む高明の姉と弟も、なんでもっと早く気が付いてくれなかったのかと、咎めるような言葉を口にしたが、誰にも気付かれたくないという父親の意志が勝《まさ》ったのだということを、改めて知るしかなかった。

よかった、もう心残りはないと言い置いて、卯市は長患いもせず、七十余の生涯を閉じた。来年には高明と一女の長子が誕生する、それまではと楽しみにしていたが、孫との顔合わせも叶わぬままとなった。別れの日、高明の後に一女も爪を切り、白い布袋に入れ卯市の柩に納めた。

一女が妊娠を知ったのは、結婚した翌年、やがて冬が来ようというときである。高明の喜びようといったらなかった。どっちかいねえ、どっちでもいいぞ、カズさんの産む子ならと、まだ膨らみもしない下腹部をさすっては、いつじゃろねえと心待ちにした。

あんまり騒ぐと、ネズミが笑うそうよ。

なんでネズミが笑うものか。

いいや。作るときは声を殺して作っておきながらと、笑うんじゃと。

ネズミに見られておったんかい。

妊娠を知ったからといって、そのころまで、島の女は病院で診察を受けたりはしなかった。天からの恵みと思っていたのか、生き物なら当たり前のことと受け止めていたのか。月のものが訪れなくなってから十月、暦に記すでもなく女たちは漠然とその日を待つ。盆のころとか田植え時期じゃなあと、大まかな予定を立てる。できるだけ目立たぬようにと腹帯を巻き、このときとばかり気を張って立ち振る舞うようにさえ見えた。

いよいよ隠しようがなくなると、高明はもう田には入らぬほうがいいと一女を止めた。しゃがむことは無理だったが、できる仕事はいくらでもあると、一女は染物小屋と田の周辺をゆっくり歩き回った。そうしながら、高明の働く姿を見、染めの話をしたかった。舅が不安がっていたこと、後のことを自分に託していったことを高明には打ち明けていなかったが、一女としては、夫と共に泥田に入って染めの仕事をしたいという望みがあった。高明を自分の近くに置いておきたい。

「泥の中に産み落とす気か」

産み月になっても、じっとしていない一女に、高明は早く泥から上がれと急かした。染物屋の子なら、泥の産湯のほうが似合うておりますがと、無頓着を装う一女に、子産みは最初が肝心と言うぞ、後々のこともあると厳しい顔をしてみせる。さあ、と言って一女の手を取って畦に上げる。そうされることが一女にはうれしい。大柄な一女がさらに大きな手によって包まれている、そう感じるときである。高明さんは不思議な力を持つ人、その人の子を産むことの幸せを一女はかみしめた。

翌年に男の子を産み、三年後には女の子を産んだ。出産の合間に染めの仕事をし、就学前の子たちは泥田近くの草むらで遊ばせ、そうしながら取引先を少しずつ広げていった。高明の助言で職人もひとりふたりと増やした。人を増やすといざというとき、賄《まかな》えなくなる、それがこわいと言っていた舅の言葉を思い出し、慎重にと自分に言い聞かせた。

卯市が死んで、ほどなく高明が切り出した。

「ヤマトに持っていけば、紬はどんどん売れるらしいよ。染めのほうも熟練者がそろったし、カズは帳簿を見てくれたらいい。いつまでも、田に入ることはないよ。反物を借りて、東京に売りに行ってみたいが、どうじゃろう」

どこからか儲け話を聞いたらしく、高明は身を乗り出した。その頃には、さん付けで呼んでいた一女の名も、カズへと変わっていた。

「帳簿を見るより、うちは田に入っているほうが性に合う」

「そうか。さすが、親父さんの見込みに狂いはなかったちゅうことじゃね。天から見下ろして、喜んでいなさる。やがて島一番の染師になるち、太鼓判を押されたからな」

「そんな。そんなふうに高明さんに言われると。うちは嬉しくはありませんが」

「世間ではそう言われておった。親父さんのところに嫁に来たんじゃないかと言う人もおったぞ。こっちはなんとも思ってはおらんが」

ひどいことを言うものである。高明の言葉もどこまでが本心かわからない。一女の体を軽い失望が突き抜ける。予想していなかったわけではなかったが、やはり、という思いは、小さな溝になり、いつかはそこに水が溜まりそうな気配も感じる。そんな不安をよそに、高明は本題に立ち戻った。

「東京には親戚もいる。そこで知り合いを紹介してもらって行商に回る。知り合いの得意先も回してくれるちゅうから、飛び込みばっかりでもないいんじゃや。デパートじゃや、相場の十倍の値段で出しているらしいから。織り元から持って来たちゅうたら、みんな飛びつくらしいげな。なにより、地球印の検査合格マークが物を言うらしい。本場物だから、強みがある」

船で鹿児島まで十五時間、そこで一泊して、翌日の汽車に乗って東京まで二十六、七時間という長旅である。そんな遠い国に、さもひとっ飛びで行くように言う夫の言葉を、一女はだまって聞いていた。

若い頃に、東京見物に行っているからまんざら知らぬ土地でもない。土地勘もあるからと高明は平気なものである。一週間や十日でどれだけのことが見えたというのか。それに、見物と商売では別だろうに。そう言いたいが、夫の晴れやかな顔を見ていると水を差すようなことを言うのは憚られた。泥田に入って汚れる仕事など早く止めたいと、この人は思い続けていたのだろうか。

「小売で儲けるんじゃ。そしたら、染物小屋も大きくできるし、機械も新しいのが入れられる。他の部門まで手が伸ばせるかもしれんぞ。親父のときとは時代がちがう。こん子たちにも、ヤマトに仕送りして学校に出す時がくる。今のうちに貯めておかんと」

「……長くかかるんじゃないですか。東京まで行くなんち。その間、家のことはどうする気です」

「家のことは頼むよ。とにかく、行かしてくれ。その結果次第で考える。思うように行かんときは、田に戻る。これでいいだろ。こんないい話、乗らぬ手はない、な、カズ」

近々、上京する知り合いの業者がいて、ついでに同行しようと言うのである。最初は三十反ぐらい借りて、担《かつ》いで行く。その段取りもしてあると言う。いつものんびりしている夫の、人が変わったような手回しの良さにただただ一女は驚くばかりである。

お義父さんの言われたとおりでした。そのときが来ました……。卯市の骨ばった手の、爪の周りに食い込んでいたシャリンバイの染液の褐色が思い出された。死ぬまでそれは消えることはなかった。

紬ブームという、耳慣れない言葉はラジオでときどき聞いた。ブームというのは流行ということかと思った程度であり、それがこんなふうにして自分の家にもすぐに影響を及ぼすことが、一女には驚きだった。地元にいる者にも手の出ない高級な紬が、飛ぶように売れるということがあるものだろうか。高明はそれを信じて必ず儲けると言っている。後には引きそうもない。

「わかりました。思うようにしてくだされ。じゃが、一カ月経ったら、帰って来てくだされや。売れようが売れまいが、帰って来てくだされ。それがうちの条件ですが」

言い渡す一女に、高明は、大丈夫、必ずいい仕事をしてくるからと声を弾ませ、翌日から上京の支度にかかり始めた。

一女には信じられないことだったが、高明の最初の試みは上々の結果を出した。約束の一カ月で、持って行った反物のほとんどを売りつくし、次の注文までもらってきたというのである。胸ポケットから取り出した手帳には、年齢や好みの柄行きなどが細かに書き込まれていた。

「こんなに安くていいのかと聞かれて、こっちのほうが面食らった。一軒で二反三反と買う家もあって。売った後から呼び止められて、金を返せと言われるんじゃないかと心配したぐらいじゃよ。ヤマトには信じられん金持ちがおるもんじゃね、学校みたいにでかい家に住んでいる。近々、大阪も開拓していかんとな。楽しみなことじゃろ、な」

旅の疲れも見せずに、高明は興奮気味に話した。子どもたちにそれぞれめずらしい土産を手渡した。どれも島では見かけることのない、高価そうな飾りものや衣類である。

「東京じゃ、これが大流行したらしいぞ」

そういって一女に渡したのは、ミッチーバンドと呼ばれているというヘアバンドである。皇太子の結婚相手の愛称がミッチーで、ヘアバンドはその人が好んで使うものらしい。電球に翳《かざ》すとよく光り、ダイヤでもちりばめたような美しさである。姉の家族や妹にもそれぞれ土産を買ってくるのを、高明は忘れなかった。おとぎの国のような東京の土産話はおそくまで続いた。

一カ月は長かったぞ、カズ。幾晩も夢を見たぞ。

とろけるような声を出して、妻の夜具にしのびこんでくる高明は、心なしか都会の匂いがしたが、夜が更けるとともにまた元の匂いに戻っていき、一女の空虚の海はみるみる満たされていった。

それから十年ぐらいの間、夫は多いときで年に七、八回、少ないときでも四、五回は上京、上阪を繰り返した。その度に家業の何カ月分かに相当する収益を上げた。

大島紬は相変わらずの人気を保った。女泥染師の取材といって、有名な雑誌の記者がわざわざ奄美大島に取材に来、一女の話を聞き、息もつかせぬ速さで写真を撮り続けていったりした。中学を卒業すると、女の子の大半が島に残り、織り娘として働いた。娘が三人いたら、三年もせぬうちに家が建つといわれたほどである。

だが、そうそういい時代ばかりは続かなかった。騒がれた紬ブームも次第に下火になり、注文が減り、織り賃が下がり始めた。和から洋へと生活様式も変わってきたのである。それと共に、着物離れがすすんだ。さらには大島紬製造の技術が、賃金の安い韓国に流出するようになった。しばらくの辛抱かと思っていたが、そこから、意外と長い不況の時が続き、生産業者に青息吐息の時が訪れた。

そんなときでも高明は少ないなりに確実に売上を確保した。よくよく商売に向いている人なのだろう。そのうち、持って行った反物は全部売り切るまで帰って来ないと言い出し、一カ月の約束はさらに十日、二十日と延び、家を空ける日数は次第に長くなっていった。

そんな頃のことである。

「一女なあ、なんも知らんが？　旦那さんな、鹿児島の旅館に入り浸っているんじゃちいうが。女がおるちゅう話じゃやが。栈橋近くの易江町の旅館よ。さねん屋と聞いたが。調べてみらんね」

遠縁の者が、わざわざ知らせに来たのである。一女は自分の耳を疑った。だが、うろたえてはいけない。

「もう、おばさんは。そんなことのできる人ではありませんが、あん人。見当違いのことばっかり。あん人のことはうちが誰より知っております」

立っている足元の床が抜け落ちるかと思われたが、平然を装って一女は言い返し、笑ってみせた。

なんちゅうことを。叫びたいのを堪《こら》えていた。仕事に行く時間だからと引き取ってもらったものの、直後から心臓が高鳴り始めた。

その後には、義姉のタキまでが誰かに聞いたと言って、噂の真偽を確かめに来た。

「姉さんまで。高明のことが信じられんですか」

「仕事に熱心なのもいいけど、カズさん、ちっとは高明のこともかまってあげなよ」

今までと違って、いきなり一女を責める口ぶりである。

「姉さん」

一女は言葉を失った。

「いや、カズさんは嫁《き》たときから父さんの気に入りだったから。あん子のことは、二の次だったんじゃないね」

「……そんなふうに、うちが」

自分の思惑と、なんという食い違いか。タキにしてからがこうである。一女は呆れて物が言えなかった。それでもいい。高明本人はよく知っているはずである。一女が彼をどんなに大切に思っているか。

落ち着くことじゃよ。噂に惑わされてどうする。あん人はいい人だから、みんなが噂をしたがる。それだけのことよ。あん人が帰って来たらわかること。

一女は言い聞かせた。人の言葉に踊らされてはいけない。早く帰って来なされ。夫のいる北の空に向かって、一女はただただ手を合わせた。

易江町というのは、桟橋近くの旅館街である。船便しかなかった頃は、駅の周辺にも劣らぬ賑わいがあったと聞く。奄美大島と鹿児島を行き来する男たちにとっては、寛《くつろ》げる場所でもあったらしく、嬉しそうな顔をして彼らは、その町の名を口にした。交通の便も良く、サービスのいい旅館が多いそうだ。

案の定、高明は噂を否定した。弁明するどころか、軽く笑ってとりあおうともしなかった。

「紬業界は厳しくなっていきよる。そんな余裕がどこにある。そんな言葉を信じるちゃー、カズらしくもないが」

真面目な顔をしてそう言われると、一女もこれまでの不安やこだわりが滑稽にさえ思われてくる。

そうじゃよね。

うちはなんと意気地無しなのか。夫を疑ったりして。

帰って来ると、「泥の匂いがする。カズのいい匂い」

などと言いながら、絣莚を揉みほぐすように、髪をほぐし、一女の骨まで溶かしていった。


夏の朝は夜明けが早い。

ひと仕事終えて一女が帰るときになって、村は動きだし、若者たちが車やオートバイで名瀬の町に向かうところである。しばらく前までは、この村から名瀬に通勤するなど考えられないことだった。名瀬の町に家を借りて住み、週末になったらバスで村に帰って来る。自分の頃もそうだったし、二人の子たちも、そうして高校を卒業したものだ。

長男の聡は鹿児島に住み、去年短大を卒業して、役場に勤めるようになった娘の凡子《なみこ》が一女と暮らしている。聡が帰ってきて、染めをしようかと言っているが、都会の暮らしを捨てて辺鄙な島に帰るのは、よくよくの決心が要りそうだ。一女もぜひにとは言わない。舅の年までとはいかなくても、あと十年は自分もやれるだろう。先行きどうなるか分からないことに、子供の将来を賭けさせるのは気が進まない。だが、卯市の気持ちを察すれば、なんとしても帰って来てほしいとも思うのである。

「遅かったこと。ごはん、先にすませたよ。いつもより多かったんだね」

門を入るなり凡子の声が飛んで来る。軒下に停めてあるオートバイを出すところである。

「夏の朝は仕事がはかどる。たくさん、仕込んできた」

庭の隅のポンプで手を洗い、立ったまま娘を送り出した。

凡子はいいねえ。

後ろ姿を見ながら、一女はうっとりする。

いいねえ、凡子は。つやつやして、頬も手足もかじりたいぐらいじゃが。風呂上がりの上気した顔を見て、一女は心底そう思い、なんの気なしに口にすることがある。

もう、と凡子は母親を睨んで言う。

「娘のことをそんなふうに言ったら笑われるよ。母さんは身びいきが強いんだから」

「当たり前じゃないね。母さんが産んだ子だから可愛い可愛いち、ほめるんだよ。カナシャガキョラサち言うんだよ。ねえ、昔の人はよく言ったもの。愛《カナ》シャガ美《キヨ》ラサ」

「なに、今なんて言った」

「カナシャガ、キョラサ。鼻が高いとか、目が大きいとか。まあ、造作なんかより愛《かな》しゃんものこそきれいということ」

「カナシャガキョラサか。ふうん。美は主観的なものであるということね。なるほど、なっとく」

上背も横幅もたっぷりあって、骨太く、およそ年頃の女の子の美の条件からは程遠い娘だが、一女には凡子がとても美しい。不特定多数の人の定規に収まろうなどとせず、伸びやかに生きている、そこが彼女の強さであり、一女がしみじみといいなあと思うところである。凡子が傍にいることで、どれだけ救われているかしれなかった。

ひとりの朝食を済ませて、一女が流し台に立とうとしたとき、電話が鳴った。いつになくけたたましい鳴り方である。黒い受話器が飛び上がる。

「母さん。もしもし、母さん」

返事をしているのが聞こえないのか、母さん母さんを連呼している。上ずった声は長男の聡である。何が起きたというのか。

「父さんが倒れた。来てみたら、だめだっていうんだ。父さんがね、聞いているでしょ、倒れたの、目を覚まさないのよ。ねえ、母さん、困ったよ」

この子は何を言っているのだろうか。

しっかりしてごらん。一女は叱った。父さんがどうしたって。もっとゆっくり話してと言おうとするが、言葉にならない。声が出てこない。喉がからからだ。待ってごらんよ、聡。飲み残しのお茶を流し込むと、一女は受話器を握り直した。父さんがだめだと、聡はそう言っているのか。

「落ち着いて、聡。ゆっくり、話すんだよ。母さんは大丈夫だから」

何を聞くときと言えばよいのか、例えようもない恐ろしさに身が縮む。だが、受話器を放り出すわけにはいかない。聡はもっと怖がっているだろう。

「あのね……わかったよ、ゆっくり、もう一度言うよ。あのね、旅館から電話がきてね、至急、来るようにと言われたんだ。ね、それで、タクシーで来たの。ここ？　ここは、易江町の、さねん屋とかいう旅館だよ。来てみたら、父さんが寝かされていて、冷たくなっていて。何がなんだかわからないよ。今、医者が来ている。とっくに、心臓が止まっていたって。母さん、信じられないだろ。ほんとだよ、呼んでも返事もしないよ。どうしよう、母さん」

「……なんち言ってるんかい。聡。誰が死んだんかい。え、父さんかい、父さんが死んだんかい。嘘じゃろう、聡。間違いじゃろ？」

「そうなんだよ、ほんとなんだよ」

「なんで、死ぬことがあろう。医者がそう言ったんかい」

「午前三時ごろに、息が切れていたらしいんだ。心臓マヒだって。苦しんだ跡がないから、そのまま、眠るようにして息を引き取ったんだろうって」

「苦しまんかったち？　何を言うね」

「よその畳で死ぬちゅうことが、なによりの苦しみじゃが、聡。それ以上の苦はないが」

「………」

「母さん。もう冷たくなっていて、手もだらんとして、握っても握り返さないんだ」

死んだって、いったい誰が死んだって。ねえ、聡。しっかり、話してごらんよ。それだけ言うのさえ、舌がもつれそうになる。

「母さん、なに言っているの？　もう、いいから、ちょっと休んでいて。凡子とタキおばに、ぼくから電話を入れるよ、いいね、母さん。待っていてよ。一時間おきにここから電話するからね」

聡の声が遠のく。あの子はまあ、母さん母さんって、小さいときみたいに何度も呼んで。何があったんかい。大丈夫、父さんを連れに行くから待っていなさいよ、いいね聡。待っておきなさいよ。

あの胸騒ぎはこれだったのか。虫の知らせというのはたしかにあるもの。なんとも言えん心持ちがしたものなあ。いいや、そんなことがあってたまるかい。他島《たしま》で、夫を死なせるなんち、そんなことがあってはたまらん。

何かをしなければ。じゃが、何をすればいいのか。一女は魂を抜かれたようにその場に座りこんだ。

カズさあー、なんちゅうことかいねえ。

力を落とさんでな、高明さんな、辛かったろうね、他島で息を引き取って。信じられんことじゃが。

親族がつぎつぎに飛んできた。霞がかかったような頭を振って挨拶を受け、一女は悔やみの言葉を聞いた。気が付けば、凡子が一女のひざの上でしゃくり上げている。

凡子、こうしてはおれんが。父さんば連れて来んな。こん家に、連れて来んな。

「いかんかったなあ。こんなことになって。他島で死ぬなんち、運のない子じゃ。家庭運のない子じゃねえ」

タキが泣き崩れ、その背中を義兄が支えている。ほんになあ、どういうことかい。義兄が真っ赤な目を一女に向ける。母さん、どうしようどうしようと、凡子がくりかえす。

「義兄さん、頼みがあります。あん人を、高明を迎えて来てください」

「そのことじゃが。飛行機は十時に飛ぶちゅうから、今から支度して、鹿児島に行ったほうが良くはないかいね、カズさん」

「そうしてください」

「カズさん、しっかり聞いてくれんな。こんなこと言うのはむごいじゃろが、鹿児島で火葬して、お供してくるしかないじゃろうち、タキとも話したんじゃが」

「カソウって、あの、火葬のことですか。何を言われます。あん人は、そのまんまで、連れて来てください」

高明の体を焼く？　そんなこと、もってのほかのことである。生身をなんで焼けるだろうか。あの人は眠っているだけ。まだ、目が覚めないところなんじゃよ。

「じゃが、たいていそうしているよ。そうしかならんじゃないね」

「いいえ。それはなりません。鹿児島で灰にして来るなんち、それはなりません。お義父さんにも申し訳が立ちません。そのまんまで、この家に連れて来てください。うちが、船会社の人に頼んでみます。なんとしても、この家に連れて来んことには」

ヤマトはどうか知らないが、この島ではそのままの姿で葬る。土に還す。それより何より、なぜ、義兄さん、高明が死んだものと決めつけるのですか。

ほんとに、死んだんかい、あんたは。あの恐ろしい世に、そんなに簡単に行けるもんですか。うちの知らないところで、死ねるもんかいねえ。

「じゃが、船に、仏さんは、なあ。乗せてはくれんじゃろ。それに、無理して頼んでも、たいした費用がかかるじゃろで。それよっか、なあ」

「仏さんなんち、あん人のこと、呼ばんでください、義兄さん。あん人は、死んではおらんよ。……いや、いいですが、それならそれでかまいません。まず、迎えて来てください。どんだけかかってもいいですから。ここに、連れて来てください」

「……じゃが、船が運んでくれんことには」

「うちが頼みこみます。なんとか、船に乗せてもらえるように、頼みますから。高明はうちの夫ですから」

次の言葉を遮るように一女は宣言した。

それより、時間がない。早く手を打たなければ。行ける者は飛行機で鹿児島に行ってもらわなければ。飛行機は日に一便しか飛ばないのである。タキ夫婦と花代の夫婦、一女の弟が発つことになった。

「カズさんも、行くじゃろ」

「いいえ。うちは残ります。この家であん人を迎えますが」

「行かんでいいんかい」

「うちは行くわけにはいかんです。海を越えて行ったのは、あん人ですから。帰って来るのを待ちましょう。そん代わりに、凡子、凡子をやります」

一女はここでもきっぱり言った。

それでいいもんじゃろか。奥さんが行かんで、済むもんかねえ。血縁の者たちから深い吐息が漏れた。視線が一女を問い詰める。しばらく沈黙が続いた。

ここでは、何を言っても無理と悟ったのか、義姉たちは、時間もないし、とにかく鹿児島で連絡を待つことにするから、と言ってそれぞれが旅支度に散った。

静まり返った家に、柱時計の振り子の音がひときわ高く響く。あれを止めなければ。一女は立って行って振り子に手をかけ、刻まれる時間を止めた。


船会社の職員は、柩を船室に運ぶことなどとてもできないと断った。今は、島の外で亡くなった人はみんな火葬して帰りますと言うのである。一女は、それはどんなことがあっても避けたいのだと訴えたが、聞き入れてもらえぬまま、電話は切られた。

引き下がってはおれなかった。ふたたびかけ直した。

役付きの人に代わってもらい、卯市や自分の知り合いの名を出して相談を持ちかけてみた。気持ちはわかるがと言うものの、それでも決まりは曲げられないの一点張りである。考えた揚げ句、若い時に勤めた学校の校長の名を出してみる。意外にも、彼の教え子という人が応対に出た。その男に一女はしがみつく思いで事情を説明した。

夫は大変な働き手であり、家族のことを良く考える人だった。その夫が他所《よそ》の土地で死んだからといって、どうして他島で燃やしてしまえるだろうか。たとえ、どれだけかかってもいいから、この島の土を踏ませたい。そして、島の土に埋めてやりたい。それができぬのなら、夫はなんのためにこれまで苦労してきたかわからない。

相手の男は、気持ちはわかりますよと、一女の話を聞いてくれたが、それでも引き受けかねると言う。一女はあわてずに、どのような申し出でも飲むから、なんとか方法を考えてもらえないかと懇願した。

引き受けられない最大の理由は、他の乗客への配慮からであり、そのようなことが知れたら、会社の評判にも差し障るというのである。一女は食い下がった。他の乗客に気付かれない方法として、一室を借り切り、誰よりも早く乗船して部屋の出入りも慎重にし、誰にも知られずに一夜を明かす。そして、客がすべて降り尽くしてから、最後の最後に下船するというのはどうか。それならば人目につかないのではと提案した。

相手の言葉がとぎれ、一女を不安に陥れる。

「そうですか。そこまで言われるのなら。なんとか、考えてみましょう」

電話の男は好意的に言い、こちらから折り返し電話をしますと言った。祈る思いで一女は電話を待った。かつて、どんな交渉ごとにも、これほどの執念を燃やした経験はなかった。夫をこの地で、この手で迎えたい。それが一女の願いのすべてである。

仏壇の前に座って拝み続けた。

どれくらい経ってからだろう。

「喜んでください。許可がおりました」

船会社の男から電話がきた。奥さんの勝ちですよ。私、と言ってから、ですがね、これは特例中の特例ですから、くれぐれも慎重にとふたたび念を押した。

まず、出港の三時間前には乗船してもらうこと、下船も桟橋から人影がなくなってからにしてもらう。部屋は団体用の客室を一室貸し切ってもらうことになるがいいかと聞いてきた。一女はそれは当然でしょうと答えた。それならばと、しばらく間をおいてから費用を提示してきた。生半可な額ではなかった。だが、一女は相手方の言うままで承諾した。くれぐれも遺体を安置していることを他の者に悟られぬようにと念を押し、それにしてもと、係の男は続けた。

「旦那さんはしあわせな人ですなあ」

しあわせな人か。それならどんなにいいだろうか。

これで、ひとまず交渉は終わった。夫はそのままの姿で、島に帰れる。一女は腹の底から息を吐き出した。吐き出しながらこうも考えた。

夫が亡くなったちいうのに、うちはこんな交渉ごとをして。これが喪主の仕事だろうか。じゃが、人任せにはできんのじゃよ。はい、そうですかと、ヤマトで骨だけにするなんて、うちには考えられない。ここはヤマトとはちがう。

それにしても、あんたは情けないことをしましたなあ。どう考えても、情けない。

聡から次の電話がかかって来たとき、一女は船会社との取り決めを細かく伝えた。船は、今日の夕方六時に鹿児島港を出港、名瀬港に入るのが明朝六時の予定である。おじさんたちがもうすぐ着くはずだから、いっときしたら支度をして、気ぜわしいけど、三時前には桟橋に向かうようにと伝えた。そこは一刻も早く引き払ってほしい。

「とりあえずの分は凡子に持たせてあるから。旅館の支払いもきちんとするんだよ。こちらから改めてお礼はしますからと、それを忘れんで」

「わかった。ちゃんとするよ」

「あんたが責任をもって、ね、聡。父さんを連れて帰るんだよ、聡。そしてね」

そして、と言葉を切ってから一女は噛んで含むように言い付けた。

「父さんの体はね、いいかい、聡。他人には決して触らせるんじゃないよ、わかったね」

幾分落ち着きを取り戻したらしく、聡は大丈夫だから父さんを連れて帰るよと、言った。

聡は父親のことをどこまで知っているのだろうか。一女の口からはこれっぽちも漏らしてないが、まわりには口さがない人もいる。聞いていても、母親に確かめたりはしなかったのか。

あんたも辛い役目じゃねえ。

そこに思い至ったとき、一女を果てしない寂しさが襲い、涙があふれて落ちた。両手を握りしめて畳をたたいた。花瓶でもどんぶりでもいい、投げれば音立てて割れるものを手当たり次第に投げつけたなら、少しは気が晴れはしまいか。投げて、投げて、投げ続けていられるのなら。

コティナサヤー（つらいもんだねえ）

アゲー　コーサヤー（なんと悲しいことかねえ）

身の置き場のない辛さとはこれをいうのであろう。体の芯が抜け、浮いているようでありながら、背中から銛《もり》を差し込まれているようでもある。

「姉ちゃん、少し横になって。しばらくしたら、人が聞き付けてお悔やみに来るが」

妹に支えられて寝間に引き揚げる前に、一女は仏壇に手を合わせた。義父さん、高明がそっちに行くそうですが。どうしますか。うちには、わかりません。あん人のすることはわかりませんが。

あっちにこっちにと身をよじり、一女は自分の頭を叩く。

これでも飲んで、姉ちゃん。

妹が手に乗せた睡眠薬を口に含み、念じるようにして、一女は自分から眠りに身を投げた。このまま目を覚まさなくて済むのなら、どんなに良いかしれないのに。

おーい。

上の田で高明が手を振っている。そろそろ昼飯にしようと言っているのだ。一女は手元の地糸の束をかざして見せる。もう少し、待ちなされや。ようやく糸に泥が馴染んだところである。泥染めの要領を覚えたばかりの一女は、昼時になっても空腹を感じなかった。あと少し、もう少しといっては高明を待たせた。

あん人はほんにこらえ性のない人。おかしさを押し殺しながら泥を混ぜ、泥肌が座るのを待っていた。そうしているときに、ふいに背後から人の気配がした。

こうしてくれる、カズさあ。

カズさあって、まるで舅のような呼び方をするんじゃやねえ。こうしてくれる。そう言って、体ごとぶつかってきた夫の勢いに足を掬われ、不覚にも一女は尻餅をついた。両手に持っていた糸の束が宙を舞う。

さあどうだと言わんばかりに、またがった高明が、両の膝に力をこめて一女の脇腹を挟み込む。泥ん中で、降伏させてやるぞ。高笑いの喉仏が、のけぞった一女の真上にある。抗えば抗うほどに一女の足は泥をつかみそこねて、ばたばたと宙を蹴り、泥しぶきを上げた。仰ぎ見る夫の頭上に陽が揺れている。夏？　夏ではない。光が柔らかすぎる。それなら、春？　そのようだ、田の周りに繁っているのはたしかに春の草々である。

まっ昼間に何をするんじゃやね。

こうしてくれる、カズさあ。

夫が両手を一女の背に回した、そのときわずかに足の力が緩んだ。今だ。一女が逆襲する番である。宙に浮いた足を内側からからませて、ぐっと力を入れる。不意をつかれた高明は均衡を失い、もんどりうって泥をかぶる。

まだまだじゃやね。へっぴり腰を鍛えんしょーれや。

畦に上がると、一女は草を踏みしめて駆け出した。泥のしずくが落ちる。あん人ったら、まあ、案山子のようじゃないね。早く、早く、上がって来んなあ。手を振り招きながら、笑いがこみあげてくる。

一女は川に入った。石ころが透けて見える川。そこに身を沈めて泥を落とす。あん人は、まだか。後ろから飛びかかってくる気配に胸をふるわせて待った。

だが、なんということか。心待ちにする一女の耳に、なにやら秘めごとをかわす声が聞こえた。ひそやかな笑い声も続いて起こる。目をこらせば、こんもりした水草の陰にふたつの影が映る。後ろ向きの夫の体、その横の見知らぬ影。ああ、そうだったのか。今か今かと待っていたのに。あん人にはうちの姿は見えんかった。

どなたさんですか、このひとは。聞こうとするが、それだけの短い言葉が出てこない。なんちゅうことな。触ったらいかんち、言うたはず……。

——なんちゅうことな。自分の叫び声で一女は夢から覚めた。思わず身震いが起こる。ゆめもうつつもなんというざんこく。またしても、きりりきりりと錐を差し込まれる痛みが見舞った。


表座敷から、人のどよめきが聞こえる。行かなければ、行って挨拶をしなければと思うのだが、一女の体は鉛のように重く、床にへばりついている。どれぐらいの時が経ったのだろうか、首を曲げて柱時計を見るが、針は止めたままであった。

突然の訃報を聞き付けた村人が、次々にやってきた。このたびは、と悔やみを述べてお茶をひと口飲み、後はどの人も等しく、高明の死の真相を聞きたがった。

それが、うちにもわからんのです。息子からの電話で、たぶん、赤電話でしょう、それなもので、細かくは聞けませんでしたが。

という答え方ではどうも納得できないらしく、人々はなかなか帰ろうとしない。この上に何を話してほしいというのか。うちにもなあ、まだ信じられんのです。

「そろそろ六時じゃ。船が出る時間ですなあ」

聡からは、鹿児島の桟橋に着いたと早々に連絡があったらしい。言われた通りやっているから、心配はいらないち、まあ、聡ちゃんも急に大人びてなあ、と妹が声を詰まらせた。いつまでも聡ちゃんと呼んでいる妹には、不憫さも手伝って甥の聡が急に大人びて感じられたのだろう。

それにしても長い船旅である。今夜は船室での仮の通夜ということになる。子どもや兄弟に囲まれて、どんな気持ちで高明は波の音を聞いているのか。高明の体は、箱に入れられているのだろうか。こんな箱なんか窮屈だと、怒って出て来てくれればいい。

枕元に線香を絶やさぬように立ててもらっているだろうか。線香の用意はあるかと聞きたいが、何百トンしかない小さい客船である、島近くに来ないと電話も通じなかった。

庭には竈《かまど》がしつらえられ、女たちが鍋や蒸し器の手配に忙しく動いている。地区の婦人会長が顔を出して、通夜から葬式までの料理と数を、一女に耳打ちしていった。明日、あさっては、彼女が台所回りの指揮を取ることになる。

昨日まで、いや、今朝まで紬の糸が干されていた庭である。一日と経たぬうちに、この様変わりであった。

生きているということは、当たり前のことではない。道の真ん中を堂々と歩いているのでもない。一歩、足を滑らせると、下は谷底という細い縁を歩かされているようなものだったのに。暗くて見えないだけだ。見えると怖くて誰も歩けやしない。約束された明日というものなどないのだということを、夫は身をもって教えた。

日が暮れると、弔問客は「また明日、お見送りに来ますんで」と言い残してひとり去りふたり去って行き、静かな夜が訪れた。一女をひとりにしてはおけないと、妹と親戚の者が泊まることになった。船旅の無事を祈って、代わる代わる線香を立てた。

船はそろそろ錦江湾を出るころである。深く入り込んだ湾を出たら、あとはいよいよ吹きっさらしの外海。幸い風はないようだが、それでも湾内とは比べものにならないほど船は揺れる。いくつかの海の難所を乗り越えて島に向かう船が、一女には見えた。

それぞれに仮眠をとってもらったものの、明け方まで一女はこくりともすることはなかった。夜はしらじらと明けていく。目を閉じても、息苦しくなるばかりであった。がまんならなくなって、一女は妹の名を呼んだ。

「これから、田に行って来る。泥に入って来る」

「姉ちゃん……」

妹は驚き、やがて泣き顔になった。

「こんなときまで、なんで仕事のことなんか考えるの。義兄さんが死んで帰って来るちゅうのに。なんで」

「泥の中に入っていたいんじゃよ」

一女はそそくさと作業着に着替え始めた。

「今まで、黙っていたけど。姉ちゃん、世間では、ね、姉ちゃんが働き者過ぎて、義兄さんをないがしろにしたと、だから、女をつくったと、そんなふうに言っているんだよ。こんなときに言いたくないけど。急に仕事に行くなんち言うから」

「……あんたも、そう思うんかい」

「うちには、わからん。じゃが、こんなときに、田に行くなんち、どう考えても納得できんのよ」

「じっとしてはおれんの。苦しいんよ。何を言われてもいい、好きにさせてもらうよ」

一女は聞かなかった。

遅くはならないから、うちを行かせてくれんね。それだけ言って、一女はうっすらと靄《もや》のかかる道を、染物小屋に向かった。

昨日の朝、乾燥小屋に入れていた絣莚を取り出して、泥田に運んだ。芭蕉の葉から朝露がころがり落ちる。時ならぬ人の気配に驚いたのか、アカショウビンが鳴きながら飛び去る。赤く美しい羽根を持ちながら、クックルルーと物悲しい声で鳴く鳥である。

ゴム長靴を太ももまで引き伸ばして、一女は田に入った。早くしなければ。沈んでいる泥を掬い上げてかきまぜていると、水あめのような照りのある染め泥になる。いつもの手順で、畦に積んだ莚を小分けしてその中で染め込む。莚は柔らかになり、赤茶けた色が次第に黒く染まっていく。重ねの色。高明との暮らしにも、と夢みた色であった。それも夢に終わるのか。

考えまい。何も考えまい。一女は自分に言い聞かせた。高明も今頃は島に向かう船の中で、子らに囲まれていい夢を見ているはずだ。

歩き慣れた小道を通り、ひと朝ごとに伸びる夏草を踏み分け、川の上流へと一女は向かった。せせらぎを聞きながら絣莚を放つ。今日の莚は蛇のように見える。一枚一枚拾い上げては洗い、そして絞りこむ。

いつもそうするように、川べりの石に腰をおろして、手足の泥を落とす。爪の周りの泥も落とさなければ。一女は草の茎で泥を弾いた。うちの爪、伸びることのない爪。

水草を揺らして流れる川に、先の丸くなった指を広げる。不格好な指先である。指先に目を落としていたとき、一女の顔から血の気が引いた。

どうしよう。

これでは、夫を送ってやれない。

夫の柩に入れて持たせる爪がない。

そのことに思い至ったのである。

「死んだ人に爪を切って持たせてやるのは、な、家族と共にいるという意味があるんじゃよ。髪の毛もそうじゃが、爪にも特別の魂が宿るといわれる。死人の成仏を助けるといわれるものなんじゃよ」

幼いときに聞いた言葉が蘇る。遺族が、白い布の袋に爪を切って入れるのを見て、母親が教えたのであった。

舅の卯市の葬儀には、爪の先の部分が残っていて、鋏が入れられたのだけれど、この短さでは鋏など入れられない。

夫に持たせる爪がない。

何年か先には泥から上がって、うるさいぐらいに爪も伸びるだろうに。そのときまで待てなかったのかねえ。

一女はふたたび指先に目を落とした。爪が無いというわけではない。爪の形はたしかに残っている。爪床に食い込んでいて、このままでは、容易に鋏を入れられないというだけである。

こうしてはいられない。一女は腰を上げた。乾燥小屋に絣莚を入れ込み、電気のスイッチを入れた。

たしか、鋏があったはず。棚の上をさぐり、糸切り鋏を掴むと外に飛び出した。

爪を剥がすのである。それしか方法はない。

生きた爪の根は簡単には肉から離れなかった。力を入れて爪床から離そうとすると、脳天に痛みが走る。

喰いしばった歯のすき間から悲鳴が漏れる。内股がふるえる。首すじから冷や汗がにじみ出る。血の滲む指を振り、一女は草の上を転げ回った。

できん、やっぱり、うちにはできん。

いや。そういうわけにはいかん。

なんとかしなければ。一女は奥歯を噛んだ。

爪床に食い込む爪に鋏の先を入れ、その手にあらんかぎりの力を込めた。血がさらに滲み出て指先を染め、指の間から草の上に落ちる。一ミリでも、一ミリでも奥にと、鋏を入れる。そのたびに指を握り締める。少しずつ、爪が肉から剥がれて行く。

できるだけ丸く、できるだけ長く。鋏を小刻みに動かして、やっとの思いで数ミリの爪を剥ぎ落とした。

タオルの端を裂き、力を入れて指先を縛り付ける。白地に紅い染みがみるみる広がっていく。血にまみれたひとかけらの爪を、一女は握り締めた。ぐらりと地面が揺れる。

爪を握って、草の上に座り込んだ一女の耳に、汽笛が聞こえた。島々にこだませよとばかり、たなびくような音である。十数キロ離れた名瀬の港に、いま、船が入ったという知らせであった。

盆迎え

美濃《みの》さんは今朝から物置小屋を何度も出入りしている。窓ガラス越しに、数メートル先の美濃さんの小屋はよく見える。出入りしながら、こちらに顔を向ける時もあるが、なにかの弾みで視線を向けるだけで、今日はわたしの部屋のことなど眼中にないようだ。

旧盆の入りが明日に迫っている。小屋にしまってある盆道具一式を取り出して、拭くものは拭き、洗うものは洗って乾かして、床の間に仏さんをお迎えする支度を整えているのだ。着古した短い着物の裾を前掛けの紐に挟み込んでさらに短くし、足さばきを楽にしていることから、美濃さんがいよいよ戦闘態勢に入ったことがわかる。美濃さんは大小のダンボール箱を一つ一つ取り出しては、滝壺の近くまで運んで行く。百年近くも使われている高御膳と朱塗りの椀類は輪島のものだ。なんでも金沢の老舗が倒産して、そこの番頭さんだった人が南の島まではるばる担いできたものらしい。縁が剥げかかっているものもあるけれど、光沢は失われていない。

わたしの家と美濃さんの家は山懐にあり、屋敷の突き当たりには岩がある。岩の間から山水が落ちて小さな滝壺をこさえている。七つ八つまではこの滝壺で水遊びをした。落ちてくる岩清水を受けて滝壺に体をうずめると、大きめの風呂に浸かっているようで心地よかった。十を過ぎ小学高学年にもなると水深が浅すぎて水遊びもできなくなった。数年前までは、母も滝壺で洗いものをしていたが、水道が通ってからは全く使わなくなった。今では美濃さんだけがそこで野菜や食器を洗い、洗濯をし、夏場には水浴びをしている。

美濃さんの盆支度は村の語り草になるほど徹底している。時には都会からテレビや新聞の取材も来る。年々、仏様へのお供えは略式になっていくというのに、美濃さんだけは決して手を抜かない。盆のお供えばかりか、その一週間前の七夕飾り作りから念が入っている。七夕に使った竹を切ってお墓の花筒にすることから、七夕と盆はひとつながりの行事だとされている。

色紙や折り紙、それにカラフルなポスターなどを切ったり折ったりして七夕飾りをつくる。織姫と彦星織りに始まり、短冊に四角つながり、菱形飾りや天の川、吹き流しと、ざっと数えただけでも十種類を超える。それにこよりをつけて竹ザルの縁に並べる。こよりはそうめんを束ねている和紙を伸ばして親指と中指の腹でくるくるまわして縒《よ》る。わたしも真似てみたが同じ太さに縒ってしかも紐のように細長くなんてとてもできない。美濃さんは大島紬の糸繰りを長年やっているから、指先が器用なのだろう。指の腹を丸めて拍子を取りながら、ものの何秒かで一本のこよりを縒り上げる。今ではこんな面倒なことをする人など、誰もいない。どこの家でも七夕飾りにセロテープを貼り、それを竹の小枝に巻きつけている。

美濃さんが精魂込めて作る七夕は、竹こそ小ぶりだが、どの枝にも二つか三つずつ飾りが結わえ付けられていて華やかだ。雨になると紙のこよりは切れて飾りは四方八方に飛ばされる。垣根の月橘《げっきつ》の上や柿の木の枝に絡まり、陽が出てくると乾いてまたどこかに飛ばされていく。

きょうだいの子守に追われ小学校もろくに行けなかったという美濃さんは、字を書くのは苦手じゃと言いながら、短冊は毎年、自筆である。カタカナで、ナガイキ、イシャイラズなどと書くマジックの文字は勢いがある。苔の生えた門柱にくくりつけられた竹も、明日の朝には下ろされるが、残り半分ほどになった飾りが風に揺れてくるくる回っている。何年も前からわたしも美濃さんと一緒に七夕飾りを作ることにしている。小学校の用務員さんをしている母は野良仕事は好きだが指先を使う仕事は苦手だ。美濃さんがいてくれて助かると、日頃からそうめんを束ねている和紙やきれいな色の包み紙を集めることで、手伝っている気になっている。

美濃さんが七夕飾りに力を入れるのには訳があった。亡くなった夫の秋吉さんが、天空から道を間違えずにこの家に帰って来るようにという想いからである。うちの七夕は飾りがいっぱいついてきれいじゃやと、気に入っておらしたからなあ。七夕飾りを折る指先にも力が入るというものだ。

「よその女に走って何十年も帰って来ないのに。おまけにとっくにあっちで死んだっていうのに、なーんで待つ必要があるの、ばっかじゃなかろか」

町に住んでいる娘の隆子さんの口調は厳しい。隆子ちゃんは小学生のときに父親に捨てられたから、そりゃ憎さ百倍だろうね。そう言って、母は秋吉さんの家出の訳を話した。

秋吉さんは村でも評判の美男だった。年も四十前の男ざかりの秋、那覇から踊り子がやってきた。太鼓、三味線に合わせて歌い、昔から島に伝わる踊りを踊る素人芸人は遊女《ぞれ》と呼ばれていた。家から家を渡り歩くことから回り遊女とも呼ばれた。髪を結い上げて首筋に白粉《おしろい》を塗りつけ、着物をぞろ引きながら踊ったそうだ。家先で芸を披露して木戸銭をもらう。その夜は親方と飲み明かす。飲むばっかりならいいけれど……と母は声を潜めた。

芸達者な子供たちを見ると「やがては遊女になるぞ。ほどほどにさせておけ」などと戒めたほど、踊り子たちは村の女に白い目で見られた。大きな風呂敷に二、三枚の着替えを包み、いともたやすく島から島へと渡り歩くことからシロブロシキとも呼ばれたらしい。

女たちには不人気な遊女も、男たちには絶大な人気を誇った。刈り入れが終わった頃にやってきて、艶姿《あですがた》で舞って歌って酒をついで、男たちにしなだれかかる。村の衆にしてみたら、こんないい思いなど、なかなかせてもらえるものじゃない。

秋吉さんの家は大島紬の織元だった。工場を起ち上げた時は二、三人しかいなかった織り子も、折からの紬景気で一人二人と増え、美濃さんが嫁いできてからは村でも一、二を争うほどになった。嫁の働きで高倉が建った。秋吉さんの父親は寄り合いの席ではいつもそう言って顔をほころばせていた。十三、四の頃から機を織り始めた美濃さんは、織り賃を貯めて弟を学校にやり、機織りの合間には鍬を担いで畑に行くという働き者。労を惜しまない美濃さんは、秋吉さんの両親に気に入られて嫁に来たというのがもっぱらの噂だった。

足腰のしっかりした娘が一番ぞ。色の黒さなんか、お粉つければなんちゅうことない。優しい性格の秋吉さんも、親が気に入ってくれる人が何よりと美濃さんを迎え入れた。

「なんちゅうてん、秋吉さんが踊り子を招《よ》んだのが、間違いの始まりよ」

中学生の娘にこんなこと話していいものかどうか迷いもしないのか、母はあけすけに話しつづける。

「秋吉さんはひと夜で惚れてしまったってわけさ。美濃さんはそうとも知らないで、ありったけの料理でもてなしてさ。さて朝食を差し上げようと声をかけたが返事がない。夫の布団も、もぬけの殻。二人して沖縄に渡ったちゅうのよ。それから一度も島には帰って来なさらん。おまえが生まれる何年か前、向こうで亡くなって葬式もすましたからと便りが届いた。それでもちーっとも騒がなかったね、美濃さんは」

それどころか、七夕がくれば夫の目印になるようにときれいな飾りをつけて待ち、盆は盆で丁寧にお供えをこしらえている。

「秋吉さんを許しているのかな」

「どうじゃろうか。村でも指折りの織元じゃったけれど、それも義弟さんに譲ってさ、隆子ちゃん連れてここに移って来なさったさ」

わたしは秋吉さんとは会ったこともないから、どんな人かはわからない。どんな人だったの？と聞くと誰もが、そりゃ女が惚れ惚れするようないい男だった、と言うばかり。それは一人娘の隆子さんを見ればよくわかる。背がすらっとして面長で、素顔なのに化粧したように顔立ちがくっきりしている。

隆子さんはその美貌が買われて町の事業家の二代目に嫁いだ。その時に「お母さんのためにも、近くに家を建ててあげますから、この際、山の家を引き払ってはどうですか」とお婿さんから申し出があったらしいが、美濃さんは耳を貸さなかった。

美濃さんは幾つになるんだろう。母に聞いても「もう九十ぐらいじゃないの」とか「明治の終わりの頃に生まれたらしいよ」というだけではっきりしない。本人も忘れてしまっているのだ。長年やっている糸繰りの仕事の合間に、裏の畑で草取りをしたり、滝壺で洗いものをしたり、時には背負いカゴを担いで村の店に買い出しに下りたりしている。美濃さんが寝込んでいるのを見たことがない。寝込んだが最後、町で暮らしている娘の隆子さんに引き取られることになる。それが美濃さんは嫌なのだろう。「町になんか行ってみ、三日でお陀仏じゃ。ワシゃここで暮らしてここで死ぬ」と言い切る美濃さんは、だから用心には用心を重ね、自分の体をいたわっているにちがいない。

長く機《はた》を織っていた美濃さんだが、隆子さんが嫁いだ頃から、機ものから下り、糸繰りの仕事をするようになった。

「生活費はこっちで出すから、もう働くのは辞めて。年寄りを働かせては、向こうの親御さんに申し訳が立たない」

隆子さんは何度も言ったそうだが、美濃さんは聞き入れなかった。それでも機ものから下りたのは、目が乏しくなったからだと言い張った。十三、四の歳から紬の糸を扱ってきたこの指さ。いまさら辞めろち言われても、指が言うこと聞くもんか。なーんも知らんで、勝手なこと抜かしおって。そう言って、今度は糸繰りの道具を揃えた。面倒な柄合わせや布繕いがないから、糸繰りは年寄りにもできる。美濃さんは鼻歌など歌いながら、今でも暇さえあれば糸を繰っている。

ありがたいやねえ。大島紬の景気がいいおかげで、こんババにも仕事が回ってくるさ。村でも指折りの織元だったことなどすっかり忘れたように、美濃さんはありがたがっている。

心配《しわ》じゃ　心配《しわ》じゃ　糸繰り
糸や切れれば繋ぎもなりゅり
縁ぬ切りりば結びならぬ

糸繰りは心配なものだ。糸が切れたら繋げずに泣いて帰る。でも切れた糸は結べるけれど縁が切れたら結び直せないと「糸繰り節」を歌うときはうんと調子がいい時。昔の人はよう言うたもんじゃ。みんなワシの歌じゃと思うておるじゃろで、と笑い飛ばす。本人はちっともそうは思っていないようだ。

「糸を扱っていればワシの指は喜ぶ。こん指の腹を触ってみらんね」

そう言って、わたしに指の腹を触らせた。

節くれだっている指なのに、ほんと、指の腹はすべすべしている。気持ちいいねえと言うと、な、そうじゃろと、美濃さんは自慢げに笑ってみせる。右手で糸繰り車を回しながら、左手では、糸を手前と後方とに少しずつ動かして均等に巻いていく。十センチほどの竹の管の真ん中はこんもり、両端は薄く巻く。そうすると織りやすいそうだ。こよりを巻くのも糸を繰るのも指の腹。美濃さんの指の腹は魔法使い。

「絹の糸を触ってみい。こんな気持ちの良いもんがあろうか。お蚕さんの吐き出した絹の精がこん婆を守っておるんぞ」

訪ねてくる人ごとに、そんなことを言っている。

日差しが強くなる前に食器を洗い終わるつもりだろう、美濃さんは茶碗や皿を段ボール箱から取り出しては滝壺の中に浸け、しゃがみこんで洗う。しゃがんでいるかと思うと背中を伸ばし、伸ばしたところをさすっては両手で交互に叩いている。それを何度か繰り返していた美濃さんの動きが急に止まった。急ぎ足で滝壺から水が流れている方に向かい、草むらに立つと着物の下に覆いている腰巻の裾を一気にたくし上げた。早送りのフィルムを見ているようだ。膝から下は泥にまみれているが、太腿ときたらどうだろう。ここから見てもそうとわかるほど白い。間近で見ればうっすらピンク色をしていたかもしれない。何十年も着物に隠れていた太腿は、むっちりしていそうにも見える。

体を斜め前に倒したかと思うと、股を開き、そのままぐっと腰を落とした。両足を踏ん張るといきなり放尿を始めた。わたしは固唾を呑んだ。美濃さんはおしっこがしたかったのか。

滝壺に背を向けた美濃さんの目は一点を見据えているようにも宙を見ているようにも見える。どっちにしても、わたしは眼中にない。口を真一文字に結んで、いきんでいる。草の上に叩きつけられる尿の音は聞こえないけれど、終わってから美濃さんが何度もぶるるっと身震いしたところをみると、それはかなり激しかったにちがいない。朝から盆の道具を出すのに忙しかった美濃さんは、たぶん用を足すのを忘れていたのだろう。たとえ尿意を催したとしても、ぐっと我慢していたのかもしれない。

両手でたくしあげた着物で手を拭くと裾を戻し、ぐぅーと背中を伸ばし、草むらから滝壺に向かって前のめりに歩き始めた。歩きながら腰のあたりを二度三度、叩く。

初めて見たけれど、こんなこと、美濃さんはいつもやっていたのだろうか。

まさか、わたしは首を振った。仕事に熱中して間に合わなかったにちがいない。もう少しもう少しと我慢していたんだよ。いいや、初めてにしては行動が素早かった。いつもやっているはずだ。場所も決まっているにちがいない。そこに行けば、きっと尿の臭いがしみついているだろう。肥やしがきいて草も伸びがいいだろう。後で見てみようか。やめておけ、美濃さんの場所なんだから。

耳の後ろが急に汗ばんできた。首にかけていたタオルの端で拭いた。拭くだけでは足りずに強くこすった。両脇からも汗が噴き出てくる。お臍のあたりもむずむずしてきた。わたしは風呂場に飛び込み、頭から水をかぶった。水道の蛇口を最大級に開いて、体に叩きつけた。うすいワンピースの布地の上から、生ぬるい水は体に絡まりながら流れ落ちる。肩から乳房の間へ臍《へそ》から股の間へ、這いながら。

「台所仕事中に便所に立つもんじゃない。催してきたら臍の下に力を入れて締め付けるんじゃや。ゆっくり五つ数える。そうしているうちに、いつしか下も収まってくる。もう一回催してきたら、また一から五まで数えるんじゃよ。そうしているうちに臍の下のざわざわも消えていく。こうすると三十分は我慢できるさ。女は、日頃から股締めの稽古をしておかんといかん」

美濃さんが母親から伝授されたおしっこ我慢法らしいが、それでも我慢ができなくなって、お天道さんの下で放尿した。わたしだって時々は、男の子たちのように立ったまま用が足せたらどんなにいいかと思うときがある。下着を下ろしたりしゃがんだりしないで、さっと済ませられる。男と女の最も大きな違いは、排尿の姿勢にあり、そこから物の考え方の違いへと発展していったのではないだろうか。女という性は面倒を当たり前だと思う性。

腰巻をずり下ろして、足元を流れる水を踏みながら、美濃さんは何もなかったようにまた滝壺に戻って食器を洗い始めた。洗った食器を一枚一枚、竹ザルに伏せていく。

「この歳になったらパンツなんか覆いておれるもんかいね」

尿意を催したらすぐに溢れ出しそうになる。堪え性がなくなるから、パンツなど覆いていては、便器にしゃがむ間に漏れてしまうというのだ。

隆子さんは帰ってくるたびパンツを買ってくる。木綿のゆったりしたゴムのパンツだ。わたしのお尻なら二人分ぐらい入りそうな大型パンツだ。

こんなもん要らんちゅうのに聞きやせんで、美濃さんはぶつぶつ言い、ほとんどはタンスにしまいこんだままだが、二、三枚は外出用にとタンスの横の竹カゴに入れている。

「こうして履くんぞ」

そう言って見せてくれたパンツは、股のマチの部分に鋏が入れてあった。

「こうすると、ほれ、そのまんまでも小便ができるわな。わざわざずり下ろす手間もいらんじゃろが」

美濃さんは自慢げに広げて見せた。ゴム入りの腰巻。今日もそれを覆いていただろうか。

しばらくして、美濃さんが縁側からわたしの名を呼んだ。

「根を詰めんと、一服せんな」

わたしのためにお茶を淹れてくれたのだ。受験勉強に精出しているとでも思っているのだろう。わたしは乾いたタオルで髪を拭きながら、縁側から上がった。小さい頃からもう数え切れないぐらい上がったり下りたりしている美濃さんの家の縁側だ。いつもは足裏に砂が当たるのに、今日はすべすべしている。

「ひと浴びしたんかい。今日も蒸すからなあ」

半乾きのわたしの髪を見て美濃さんが声をかける。

立ったまま見わたすと、襖の向こうの床の間はきれいに整理され、いつも部屋の中央に置いてある糸繰り道具も、縁側の隅に片付けられていた。丸い卓袱台の周りには、すり鉢やお櫃《ひつ》、仏さん用の精霊箸も切り揃えられ、大小の茶碗皿が並んでいる。表座敷には長いものや丸いものなど五張りの提灯が吊り下げられていた。

「お盆の準備、オーケーじゃね」

わたしは明るい声で言った。

「お陽さんが上がる前におおかた片付けたんよ。型菓子もな、昨夜のうちに打っておいた」

二段重ねの重箱の蓋を開けると、型菓子が盛られていて、煎《い》り米の匂いが香ってくる。黒砂糖の小さなつぶつぶが光っている。

「今年は一段とよーでけた。粉とクロザトがしっかり抱いて、うんまいよ。ほれ」

そう言って美濃さんは桜の花びらの型菓子を手でつかみ、わたしの手のひらに載せた。その瞬間、わたしは「うっ」と声を立てそうになった。あの手だ。草むらにおしっこをして、そのまま着物で拭いていた美濃さんの手が目の前にある。あの手がお菓子をつまんでいる。それを口に入れろと言っている。いつもなら、ものの一秒もかからずに口に入れるが、口が開かない。胃も塞がっている。唾液も出てこない。口を開けたが最後、胃液か胃酸か訳のわからないものが飛び出してきそうだった。

だいじょうぶだよ。おしっこの後だって滝壺で茶碗皿を洗っていたんだから、きれいになっているよ。滝の水で洗い流されたさ。自分に言い聞かせてみる。それはそうだけど。用を足した後に着物で手を拭いたあの映像は、振り払おうとしても消えていかない。映画の強烈な場面のようにわたしの目の奥に張り付いたままだ。

「ほれ」

今度はあやめの模様をすすめる。

どこで食べるよりおいしい、白砂糖じゃないから、味がこっくりしていいんだよねなどと言いながら、二つも三つも頬張るのを知っている美濃さんは、早くも次のを取り上げている。

「うん……」

「どうした？　さ、お食べ」

美濃さんはまぶたの中にめり込んでいる目を見開くようにしてすすめる。

「お昼ご飯、食べたばかりだから」

「よっぽど腹いっぱい食べたな。ほんじゃ、後でな」

そう言って重箱に戻す美濃さんを見ながら、わたしは手のひらに載っている菓子を卓袱台の皿の上にそっと置いた。

型菓子作りは時間がかかる。うるち米を煎って石臼で挽き、それに黒糖の粉を混ぜる。水を加えないで黒糖からにじみ出る糖分だけで固めていく。市販のものは少し力を入れてもほろほろと崩れるが、しっかり捏ねられた菓子は簡単には崩れない。手首を同じ方向に回しながら捏ねる、力のいる仕事だ。

粉と黒糖粉がしっとりと混ざり合ったところで、手のひらに握って花の形を彫った鋳物の型に詰める。それをひっくり返して裏からスリコギでぽんと叩くと、中から六個の型菓子が飛び出してくる。梅、桜、桃、水仙、葵、あやめなどの模様が刻み込まれた盆の菓子。

「これ、捏《こ》ねるの、大変だったね」

何度も型菓子打ちを見て、時にはわたしにもさせてなどとスリコギで叩いたりしたこともあったのに、まるで初めて見たようなことを言った。

「力仕事じゃよ。いつまでできるやら」

そう言うけれど、美濃さんはこれからも続けるだろう。この家に住んでいる間は。

「昔の人はなあ、型菓子捏ねるように女の子を躾けよと言いなさったもんじゃ。家でしっかり躾けんと、他所に行ってから難儀するとな」

「何でもかんでも女の子は、女はと言われるんだね」

「じゃろ、なあ、女は割が合わん。こん婆も、次は男に生まるるごとした」

美濃さんはわたしに言葉を合わせたけれど、それは本音ではないだろう。踊り子と失踪したままの夫の魂が帰りやすいようにと七夕飾りを作って待ち、盆こしらえに朝早くから取り掛かっている美濃さんは、心底、女に生まれたことを喜んでいるように見えた。

人の暮らしの中には喜んだり悲しんだり憎んだりといろんな感情があるけれど、それはほんの一%に過ぎない。残りの九九%はただ待って暮らしている。幸福の足音が聞こえてくるのを今か今かと待っている……そんなことを書いた小説があったけれど、「人」を「女」に替えたほうがぴったりするんじゃないかしらと思うほどだ。

美濃さんばかりではない。わたしの母親だってそうだ。一年中待ち続けている人がいる。盆になると帰ってくるその人と、今ごろはどこかで逢っている。父と知り合う前から好きだったけれど、結婚はできなかった。なんでも相手の人が外国に行ったため逢えなかったそうだ。二人とも別々の人と結婚したが、それからも手紙のやりとりをして、近況を知らせ合った。それには父も寛大だったようだ。いいじゃないか、幼友達なんて、きょうだいみたいなもんだからとかなんとか言って、一向に気にしなかった。それどころか、手紙が途絶えると、おかしいじゃないか、何かあったんじゃないのかなどと、逆に心配するほどだった。母のことを信頼しきっていたとも思えるけれど、無関心だったとも言える。その父も、今は別の女と大阪で暮らしている。離婚したわけではないが、仕事を探して大阪に行って十年近く、呼び寄せても母が来てくれないからと、いつのまにか若い女と同居しているらしい。

「恭ちゃん、来年高校生やな、こっちで高校行き。な、ええがっこぎょうさんあるし、大学かて父さんが行かしてやる。成績えーんやから、島の学校なんか行くことない。レベルが違いすぎるわ。えーがっこ行けば、えー男も見つかるでぇ」

たまの電話では、必ずわたしの高校受験のことを話題にしてくれる。しかも言葉はすっかり大阪弁だ。大阪弁もどきというのか。高校受験を話題にしてくれるのはいいが、見知らぬ女と暮らしているところに、のこのこやってくる娘がいるだろうかと考えないところがおかしい。わたしのことをいつまでも子供扱いしているとしか思えない。大阪来たらええ。テレビでオリンピック見れるぞ。島はまだテレビもないやろうが。な、そうしい。

そんなこと言われても、わたしは大阪など行く気はないが、いつまで両親はこんな状態を続けるのか、それは気になる。生活費はきちんと入れてくれるからいいよと、母はまるで放ったらかしだけど。これでも夫婦だというんだからおかしな話だ。

「あんた、外国の高校に行くことになるかもよ」

冗談とも本気ともつかない顔で母が言うことがある。お父さんもお母さんも勝手にすればいい。わたしはここに残る。


恭ちゃんがいるうちに、屏風出してもらおうかね。美濃さんに言われて、わたしは押入れを開けた。ビニールに巻かれて仕舞われていた屏風を取り出すと、カビの臭いがした。これもお盆の時だけ使われるものだ。

三つ折りの屏風を広げて床の間に立てた時から、そこにはひとつの世界が出来上がる。屏風の中は後生《ごしょう》の世、こちら側は現世。後生の世に膳を三つ並べて、十三日の迎え盆の夕方から十五日の送り盆のお昼まで、美濃さんは日に三度の食事と合間のお茶を運ぶ。屏風の上にはご先祖様が手を拭くために日本タオルをかけている。召し上がる前に、必ず手を拭かれるという行儀のいいご先祖さんたちだ。

うやうやしくお供えを運ぶ美濃さんの後から、わたしも付いていってお線香をあげたりしてきたから、「隣の恭ちゃん」はすっかり顔なじみになっている。

床《とこ》を背にしてな、先祖代々の仏様が座っていなさる、と言われても小さいわたしにその姿は見えなかった。だれもいないと言うと、よーく見てごらん、ほら、こっちを見ていなさるじゃろ、よい子じゃちゅうて恭ちゃんのこと、ほら、見ていなさるじゃろと美濃さんに言われて、何度も瞬《まばた》きを繰り返した。しばらくすると、髭を生やしたおじいちゃんや紋付の着物をきた細身のおばあちゃんが、うなずいている姿が見えるようになった。左端の若いあの人が秋吉さんだろうか。

「な、年に一度、三日間だけこの方たちは帰って来なさるんじゃ。たーんと召し上がってもらわねば、な」

ご先祖さんと言うけれど、長く暮らせなかった秋吉さんに精一杯のご馳走をつくってやりたいのだ。誰よりも。

ご飯にお粥、らっきょうの塩漬け、ぜんざい、山菜のゴマ和え、焼き味噌の汁、大豆に南瓜やネギを入れたかいのこ汁、茄子の田楽、野菜の天ぷら、お煮しめ、豆腐の味噌汁を作って、代わる代わる出す。送り盆の最後のメニューは団子と油ぞーめんと決まっている。団子を芭蕉の葉に包んで油ぞーめんで巻いて、ご先祖様はおみやげに担いで行かれるのじやから。

いつもは縁側から出入りしているわたしも、盆になると立ち入り禁止になる。

「縁側は仏さんの通り道。糸くず一本、紙くず一片も落としてはいかん。つまずいて転んでしまわれるからの」

美濃さんはニコリともせずに言う。

十三日の夜から十五日の夕方まで、肉や魚はいっさい使わない。精進料理尽くしである。

「仏さんは生き物の匂いは好まれない」からだそうだ。十五日にお送りした後にやっと、精進落としの魚肉を口にすることができる。

お盆には隆子さんが娘を連れて帰ってくるが、いつも日帰りである。夏休みなんだから泊まっていけばいいのにと思うが、ここ何年も泊まってない。精進料理ばっかりだからつまらない、ごはんを食べた気がしない、というのが理由らしい。

「お盆ちゃあこういうもんじゃ。おまえがちゃんと教えんのが悪い」

「今どき何を言うの。精進ばっかりじゃ育ち盛りの体はもたないのよ」

「なに抜かす。昔の子はそれでもじゅうぶん強かったわい。中学に入れば大人並みの働きもするもんじゃやった」

「昔は昔」

そんな言い合いもしていたけど、どっちも譲らなかった。美濃さんが亡くなったら、お盆のお供えも屏風もなくなってしまう。その前に、この家が空っぽになってしまう。

明晩は満月の次に美しいといわれる十三夜の月。今夜の月はどうかと、わたしは空を見上げた。真ん丸になりかけの月が、山の上に浮かんでいる。雲の動きが少しずつ速くなり、月明かりがとぎれとぎれに家の周りを照らす。ときおり滝の水が光る。狭い岩間を這い落ちている。量は少ないけれど、わたしが眠っている時も落下しつづけている水だ。美濃さんが野菜を洗い鍋釜を洗い、時には体も洗う水。よどみなく落ちて滝壺を満たしている。

わたしは卓袱台に置いたままの桜の花びらの型菓子を思った。あの時、どうして食べられなかったのだろう。胃が塞いでしまったのはどうして。わたしは自分に問いかけた。見てしまったことが悪いのか。見なければ、なかったことなのに。これまで何度も握ったことのある美濃さんの手を思い浮かべた。紬の糸がするする通る指の腹。畑の土塊《つちくれ》を握りつぶしてきた手のひら。留守番することの多かったわたしに、「いい子にしとったか、恭ちゃん」そう言って髪をなで、抱き上げてくれた腕。滝の水で洗い流した美濃さんの指以上にきれいな指があるだろうか。それなのに、あんなことをして。美濃さんごめんなさい。

石垣にさした我が家の七夕の竹が揺れている。夕方から出始めた風が、少しずつ強くなっているようだ。雨も降り始めた。母はまだ帰ってこない。久しぶりに逢う男と肉でも食っているんだろう。盆が来ようがなんだろうが、おかまいなしの女もいる。

山の木々の間を縫う風の音が激しくなっていく。もうすぐ電気が消える。整理ダンスの引き出しを開けて、太いロウソクとマッチを取り出した。その数秒後には案の定、停電になった。夏場は停電が多い。この頃は、山の音の鳴り方で停電が予測できるようになった。

わたしが使っている机の左側には、蝋を溶かした塊が盛り上がっている。これは机の持ち主だったいとこの淳二郎さんが作った蝋の山。その中央に火をかざして溶かし、新しいロウソクを立てる。蝋の山はナイフを使えば簡単に剥がせるけれど、淳二郎さんがロウソクの明かりで勉強していただろうと思うと、剥がす気にはならない。

芯は青く外側は黄色いロウソクの炎に、わたしは見とれる。蝋が少しずつ溶け始めていく。やわらかな明かりを見ていると気持ちが落ち着くのはどうしてだろう。教会でも神社でも仏壇でもロウソクを立てるのは、人の心を鎮めてくれる作用があるからかもしれない。

メソポタミア文明＝チグリス・ユーフラテス川流域、エジプト文明＝ナイル川流域……机に広げたままにしていた社会科の「世界四大文明」も、今ならすっと覚えられる。文明は大河の流域に発生し、都市や国家を生んだという説明にも納得して、地図に印をつける。中国の貧しい学生たちは、蛍の光を集めたり窓の雪の明かりで勉強したもんだと先生が話したけれど、ロウソクを使えばもっと明るかったのに。それも買えないぐらい貧しかったのだろうか。そう聞いたら淳二郎さんはなんて答えるだろう。

淳二郎さんは東京の大学に行っている。それもかなり有名な大学らしい。上京した年の夏休みにはすぐに帰ってきたが、それからは休みになっても帰ってこない。「大学の勉強は大変だから」とおじちゃんたちは言い、毎月のように現金書留の封筒を町の郵便局から送っている。

帰ってきたときはわたしに英語を教えてくれた。中学に入る前、ブック、ノートブック、ペンシル、マザーなどと、近くにあるものを指さして教えた。新しい単語が出たら必ず辞典を引くんだよと、コンサイス英和辞典もプレゼントしてくれた。淳二郎さんのおかげでわたしは英語が大好きになった。将来は通訳になるか、スチュワーデスもいいぞ。英語の先生は答案用紙を渡すたびに言う。島の学校では英語の辞典なんか持っている人は少ないから、他の人より英語ができるのは当然だったが、先生はよっぽどうれしかったのだ。進路なんかまだ決まってないが、英語を使って仕事をするのがわたしの夢だ。まだ誰にも話したことはないけれど。

「恭子ちゃんのほっぺのようなやわらかい雪が降っています。送ってあげたいけど、むりですね。高校を卒業したら、恭子ちゃんも東京の大学にくるといいよ」

冬にはそんな手紙が来た。大学、英語、東京……ノートの端に書いた文字を結びつけた先に立っている自分の姿をときどき思い浮かべる。わたしが中学校に入ってから届いた手紙には、少しずつ深刻な内容が書かれるようになった。

「ぼくたちは、戦争が終わって二、三年目にどっと生まれたから生徒数がすごいんだよ。教室も足りない、入学式の制服は間に合わない、靴も机や椅子も足りないずくめさ。いつも難関突破って声かけられて、疲れるよね」

最近になって、淳二郎さんたちの同年代の人たちのことが、団塊《だんかい》の世代と呼ばれているのを知った。

「今ね、大学は大変なんだよ。学生運動がひどくなって、講義もほとんど受けられない状態なんだ。恭子ちゃんには難しいかもしれないけれど、今ぼくたちが住んでいる日本の国って、おかしいことだらけなんだよ。差別とか、政治家の勝手な振る舞いとか、矛盾、わかるかな、そう、つじつまが合わないことだよね、そんなものに学生が立ち向かって、平等な社会に変えていこうと運動しているんだ。それが日本中に広がっている。機動隊と衝突することなんてザラさ。この間なんか、デモ行進して女子大生が亡くなったんだ」

話すように書いた手紙は、初めて目にする言葉が多かったが、便箋の後ろに淳二郎さんが詳しく説明してくれていたので、東京の大学の模様がなんとなくわかった。

「ぼくは今のところ学生運動には参加してないから心配しなくていいよ。でも、ぼくの友人の中には警察に追われてぼくのアパートに逃げ込んできたヤツもいる。おまえも参加しろ、学生ならもっと問題意識を持てと、ハッパかけられて困っている」

最近もらった手紙にはそう書かれていた。末尾の「追伸」には、赤ペンで棒線が引かれていた。

「このことはぼくの両親には話さないでくださいね。無用な心配はかけたくないからね。恭子ちゃんとぼくだけの秘密にしよう」

恭子ちゃんとぼくだけの秘密。わたしはその部分を何度も読み返した。


風はまだ止まない。月は雨雲に覆われた。母は帰ってこない。わたしは教科書から目を離してぼんやり窓ガラスを見た。ロウソクの明かりに映し出されたわたしの顔が揺れている。頬杖をついてみる。首をかしげてみる。両手を持ち上げてみる。顔を歪めてみる。髪をクシャクシャにしてみる。立ち上がってタオル地の寝間着のボタンを外す。右肩を出す。左肩から寝間着がずり落ちる。臍を覆っていたキャラコのごわごわしたパンツを乱暴に下ろす。下ろして両足で踏みつける。

窓ガラスに顔をつけて見ている人がいる。雨に濡れたままわたしを見ている人がいる。

ほら、お乳だって立派でしょ。踊ってみせましょか。横になって足を広げてみせましょうか。びっくりしましたか。これが十五歳の恭子ちゃん。ロウソクの炎はわたしをだんだん大胆にしていく。

桜の花びらの型菓子、まだ卓袱台に載っているだろうか。明日、美濃さんが起きているのを確かめたら、縁側から上がって取ってこよう。仏さんが帰ってこない朝のうちなら、縁側を出入りしてもいいだろうから。

里帰り

「夕べ、メリッサが亡くなりました」

サンタフェに住む典子さんから電話が入った。六年前の取材で現地通訳を頼んだ女性である。つい数日前の電話でも、メリッサは日に日に衰えていく、今日も見舞いに行ったがもう話す気力もなく、目を開けるのも辛そうだ、手を握るとゆっくり握り返すが、体温も下がっていて心細いと話していたから、別れの日が来るのもそう遠くはないだろうと思っていた。近ければ見舞いに行きたいが、ニューメキシコ州ではそういうわけにもいかない。

メリッサ夫人はいくつになったのだろうか。わたしが取材で会った時はたしか八十代半ばだと聞いた。ということは九十二、三歳。堂々とした体格の上に、サルサやピザをバリバリッと噛み砕いていた当時の、およそ年齢を感じさせない食欲や丈夫な歯並びを思えば、ベッドに横になっている彼女の姿を想像するのは容易ではなかった。

「目をかっと見開いて、ああ、みんな来てくれているわねと言うように、あたしたちの顔を見回して、それからすうーっと眠りに落ちていったの。この世の見納めとでもいうような目の開き方でした。それっきり、二度と目は開かなかった。これが息を引き取るっていうことなんだなって、こんなにぴったりの表現はないなと思ったわ。日本語って、ほんとによくできている」

長くアメリカに暮らし、日本語学校の講師をしている典子さんらしい感想である。ひとり暮らしのメリッサ夫人を、友人たちが代わる代わる見舞いに行き、本を読んで聞かせたり、ゲームを考えたりしていることも、彼女から知らされていた。

「ね、倫子さんもそう思うでしょう。日本語って、ほんとにきめ細やかで、素晴らしい。ここにいると、それをいやというほど感じます」

人の死を伝えているというのに、またもや話は日本語の妙へと逸《そ》れる。子供のないメリッサのために、ほとんど毎日、見舞いに通ったという典子さんにしてみたら、夫人の死の悲しみと同じぐらい、肩の荷を下ろしたような安堵感も感じているのだろう。

「さっそくですが、倫子さん」

典子さんが語気を改めた。

「来月末にメリッサのお別れ会を計画しています。あなたには、ぜひおいでいただきたいの。それにね、ミチコに渡してほしいって、メリッサから頼まれているものもあるんですよ」

来月とは急な話だ。

わたしは手帳をめくった。さいわい二月末は差し迫った仕事は入っていない。一週間ぐらいならなんとかなりそうだった。たとえ仕事が入っていても都合をつけて行かなくてはならない。なんといってもメリッサ夫人は、わたしにかけがえのない仕事をさせてくれた人だもの。

それにしても、夫人から預かっているものとは何だろう。

五月とは思えない寒い日に夫人が羽織った鮮やかなブルーのコート？　その時に靴箱から取り出したエスキモーが履くような革のブーツ？　プラチナヘアによく映えたルビーのイヤリング？　それとも、どこに行くにも提げていた大島紬の手提げ袋？　わたしがうっとり眺めていたもののうちのどれかを、形見にというのだろうか。

取材に入る前の数分間、決まって話題になったのは夫人の着ている服のことだった。あるときは赤い花柄のプリーツスカートに襟周りのゆったりしたセーターを組み合わせ、上からシルクの襦袢をストールのように巻いていた。かと思うと、アメリカの開拓時代を思わせる長い丈のワンピースを着て、軽やかに登場した。会うたびにわたしは彼女のファッションに目を見張った。それらはわたしが見慣れた八十代の女性のイメージを覆すものだった。堂々たる体格のメリッサは色もデザインもみごとに着こなしていた。

典子さんからは、

「毎朝、ニューヨーク・タイムズと地方紙に目を通し、テレビはニュースと気象の番組しか見ない。若い友人が多い。おばあちゃんと呼ばれるのを好まない」

と事前報告があった。

売れない絵描きの夫に代わって家計を支えるために八十まで勤めに出て、合間にはスケッチ旅行にメキシコとの国境近くの川まで運転していたという女性である。衣装は活動的な彼女の自己表現の表れであった。

色合いがくっきりして、しかも大きな柄を好んで身につけているメリッサだったが、地味な色目の大島紬の手提げ袋、肌身離さず持っていたのは意外に思えた。

「これはツムギで出来ているの。春馬が旅に出るとき、妹さんが織って持たせた反物ですって。食べるのに困ったらこれを売ってお金に替えるようにと、妹さん、春馬のバッグに入れたらしいの。なんて兄さん思いなんでしょう。それに、ごらんなさい。織ってから百年近くも経つというのに、こんなに丈夫よ。この色の鮮やかなこと。艶だって、ほら」

残り布で作ったものだと、誇らしげに差し出した紺の菱型模様に真紅の入った大島紬の柄は色落ちもなく、とても百年ほど前に織られたものには思えない。裏打ちをしているためか、布もくたくたになってはいなかった。

「旅先でお金に困ったら、これを切って売ったらいいと、イッタンの織物を持たせたそうです。おかげで命拾いをしたと春馬は話しました。軽くて暖かいから行く先々で娘さんたちが喜んで買った。ジャパニーズ・テキスタイルは評判だったと、自慢げに話していました」

そう言いながら、ほんとは女の子たちにプレゼントしたのかもしれないわねと、ウィンクをしてみせたメリッサ夫人。春馬より十歳下だという彼女は、夫を心の底から尊敬し愛おしく思っている。それが伝わってきた。反物一反は十二メートルほど。少しずつ切り売りして画家は生き延び、そのわずかな残り布で妻は手さげ袋を作った。

「ねえ、ミチコ。聞いてください」

挨拶を済ませて、取材に入ったとたんに「ミチコ」と話しかけられてわたしは驚いた。え?という顔をしたわたしに、すかさず典子さんが、

「ここでは、ファーストネームで呼びます。さんなんか付けずに呼び捨てですから、そのおつもりで」

と教えた。

ねえミチコ、聞いてと言い始めるや、メリッサ夫人は春馬のエピソードを次々に披露し

た。初対面の堅苦しさを早く取り払いたいという配慮だったのだろうし、さらには春馬がいかに愛すべき男であったか、取材の前に知ってほしい一心だったのだろう。

開口一番、

「春馬ったらそれはよく歩いたのよ。スケッチブックを脇に挟んでね。ほんとに歩くことが好きだった。地元の新聞でもグレイトウォーカーと紹介されたぐらいなの。おまけに歩きながらひょいと小さな路地に入っていくので、まるでヘビみたいと言われて、ついたあだ名がスネークウォーカーよ」

悪戯っぽい話ぶりを聞いているうちに、わたしの緊張は次第にほぐれていった。

「戦争が終わった直後、赤狩りなんて現象が起きて、春馬は思想犯ではないかと怪しまれて、どこに行くにも見張りがついた。息苦しくなって、私たちはニューヨークからメキシコ近くのこの街に越してきたのです。アメリカのこんな奥地まで日本人がやってくることはほとんどありませんでしたが、それでも年に一、二度は、なにかの調査にやってきた人とか、メキシコの帰りに寄ったという人がいました。そんな人に会うと、春馬は必ず家に連れてきて、日本の話を聞かせてくれとせがんだものです」

ご馳走なんてなんにもなくて困ったものだったわと、大仰に両手を広げ、首をすくめてみせた。困ったものだったわと言いながら、その顔はちっとも困ったようには見えなかった。母国の話に身を乗り出す夫を見守る妻の顔そのものだった。

――六年前に会ったメリッサ夫人の声がよみがえってきた。しかめたり目を見開いたりと忙しく変わる顔の表情も、両手を広げたり首をすくめてみせたりする、日本人のわたしにはややオーバーに見えた変化に富んだ仕草も。

古い写真や手紙の類、春馬が紹介されている雑誌や新聞などを机に広げて、記憶を手繰り寄せながら取材に付き合ってくれたメリッサ夫人。

彼女のおかげでわたしは、大里春馬の伝記を世に出すことができたのである。亡き夫の伝記を残すことに賛同し、取材申し込みを快く引き受け、二週間というもの毎日、数時間も付き合ってくれた人である。

生前にもう一度逢いたかったが、それはもうかなわなくなった。お別れの会でお礼を伝えてこよう。二月末に数日の休みを確保し、航空券とホテルを予約した。そのことを典子さんに告げると、彼女は待っていますと声を弾ませた。

大里春馬の名を初めて知ったのは、神保町の個人美術館が開催していた遺作展だった。街歩きの途中「アメリカで活躍した放浪の画家」というポスターに手招きされるようにしてドアを開けると、黒い服に身を包んだ女性館主が、ようこそという顔をして出迎えた。

声を発するでもなく、笑顔を作るでもない。ごく自然な、どちらかといえば無愛想にも見える表情がかえってわたしを落ち着かせた。

初めて聞く画家の名前である。こぢんまりした室内には、自画像や動物画、風景画、花の絵など、十数点が並べられていた。中でもわたしが足を止めたのは海の絵である。暖色系をふんだんに使った絵は心をなごませた。一見、童画のようであり、言いようもなく懐かしく感じられた。青というより緑に近い深い海の色、いつか見たような島影、夕焼けの空の色。海を見下ろす丘の上には、馬の親子が草を食んでいる。ここはどこだろう。「のどかな光景・ニューメキシコ州サンタフェ・1952」とキャプションがついている。サンタフェはたしかロッキー山脈に囲まれた高地にある小都市だと記憶している。有名な女優がつい最近、そこを舞台に写真集を出したばかりだ。サンタフェに海はないはずだ。よく見ると、のどかな海の中には暗い線が渦巻いているような気がする。

わたしは時間をかけてその絵に見入った。この暗い線はなんだろう。涙の粒でも塗り込められているのか。気になって仕方がなく、会期中に三度、足を運んだ。さすがに館主もわたしの顔を覚えたらしく、「よろしかったらこれを」と、雑誌の切り抜きのコピーを手渡した。

渡されたのは、大里春馬の絵を所蔵しているという長野のSデッサン館主のエッセーであった。数年前に、ある日系画家を訪ねてアメリカの奥地を旅した時に、知人を通して春馬の絵を託された、その時のことを書いていた。名も無い画家の絵を蒐《あつ》めて常設展示しているという彼は、他にも「戦没画学生」や「夭折の画家」など、才能の花を咲かせることなく若い命を散らした画家たちのための美術館を建てていた。

エッセーの横には髭を生やした小柄な老人、大里春馬の顔写真とプロフィールが載っていた。

大里春馬(おおさとはるま)大正五年、鹿児島県与那覇島に生まれる。絵描きの道を目指すも家族の反対により断念。東京の大学に進学する。夢を捨てきれず、在学中に貨物船でアメリカ大陸に渡る。そこで本格的に絵画の修行を積み、ニューヨークで日系画家たちとともに活躍。帰国を予定していた矢先、第二次世界大戦勃発。妻メリッサとともにニューメキシコ州サンタフェに移り住み、一度も故郷に帰ることなく六十九歳の生涯を閉じる。

プロフィールの冒頭の「与那覇島に生まれる」という一行がわたしの目を射た。与那覇島はわたしの両親の故郷である。あの時代に、人口わずか四、五百人の小さな島に生まれ、東京に進学した人がいたとは。そのことがまず驚きだった。学業半ばで東京を飛び出し、貨物船でアメリカに渡った。そこで活躍したが戦争に遭い、ふたたび故郷の土を踏むことはなかった。数行の紹介文を何度も読み、落ちた頬の肉をカバーするためか豊かな髭を蓄えている老人の写真を見つめた。荒波に揉まれて生きてきた人とは思えない飄々とした顔をしている。荒波を乗り越えてきた人ならばこその表情か、それとも波乗りを楽しんで生きたとでもいうのだろうか。

異国で戦争に巻き込まれ、故郷に帰ることもなく最期を迎えねばならなかった画家の悲しみや嘆きの深さとはどれほどだったのだろう。暖かい絵の中に塗り込められていたあの色彩は故郷への郷愁か、生涯をここで終えることへの諦めか、わたしの関心は日が経つほどに膨らんだ。考え始めると目の前の仕事にも集中できなくなるほどだった。

それにしても、あの小さな島にほぼ同じ時代に生まれているというのに、両親から一度も大里春馬の名を聞いたことがない。結婚後は島を離れて東京で暮らすことになった母は、遠い昔のことなどとっくに忘れてしまったのだろうか。聞いてみたいが二人ともすでにこの世の人ではなかった。

いまになって思えば、両親は生まれ故郷の与那覇島についてあまり語ろうとしなかった。年に何度か同郷の人たちが集まる郷友会にも出席したことがない。誘われても、適当な理由をつけて断っていた。

何年かに一度、親戚の葬式や結婚式の連絡がきて、
「島に、行かしてもらえませんか」

母が伺いを立てるが、

「行かんでいい。島に身内はおらん。ここがわしらの故郷じゃ」

父は短く言い切った。それが決まり文句だった。

「戻りたかー」

縁側の隅にうずくまって、そのたびに肩を震わせていた母の姿を思い出す。

父は幼いわたしにも、

「学校では親が島の出身ち言うな。おまえはここで生まれた。東京都杉並区がおまえの故郷じゃ」

と言って聞かせた。言葉数は少ないが父の声や視線には絶対的な響きがあり、母もわたしも逆らうことなどできなかった。

わたしがあの島に行ったのは三十数年前、中学の夏休みに父方の祖父母の墓を移しに帰ったときだけである。それ以来、両親も一度も帰っていない。

汽車と船を乗り継いで二日がかりで辿り着いた与那覇島。そこには、日焼けした眉の濃い親族が多く集まった。母はあの人この人に「みーちゃん、美露《みつゆ》ちゃん、よー戻ってきたなー」と抱かんばかりに懐かしがられていた。はじめて母をちゃん付けで呼ぶ人たちがいることを知った。父はそこでも多くを語らなかった。数人の男たちと墓を移す段取りを終えると、そそくさと旅館に引き返した。わたしと母は、母の実家に招かれ、そこでひと晩泊まることになった。

モケだよ、倫子ちゃんがはじめて島に来てくれたから、みんなで迎《むかえ》えにきたんじゃーが。そう言って熨斗袋《のしぶくろ》をわたしの手に握らせた。中には申し合わせたように百円札が一枚入っていた。それが島の歓迎の慣わしだった。

魚の吸いものやトンコツ、油ゾーメンなど、次々に出てくる島の味を母はかみしめていた。

年の近い母のいとこたちは母を取り囲むようにして話し、わたしが眠ってからも話し続けていた。たぶん、眠るのも忘れて話し込んだだろう。いとこの中でもっとも年下の母は、みんなの妹のようだった。

「みーちゃん、東京暮らしはどうな？　東京は遠いからの、うちらはとても行くことはかなわんしのう。生きているうちに逢うのはこれが最後じゃろ」

年かさのおばさんの声を夢うつつに聞いて目を開けると、母もいとこたちも肩を抱き合うようにして泣いていた。

「流れ弾に当たって死んだげな……。もう、戻っちゃ来んよ」

「島の若もんも戦争にとられて、戻っちゃこんが」

「○○は、兵隊には行っとらんやろ?」

「あんなに好きおうとったのになあ。不憫じゃや」

「諦めるんじゃゃーなー」

そんな言葉が夢の中に飛び込んできて何度も目を覚ましかけたが、起き上がる力はなく、ふたたび睡魔に引き込まれた。

「流れ弾」「不憫」「諦める」……わたしの知らない母の過去が話題になっている。年寄りが集まると決まって戦争の話題になる。はじめは悲壮な顔をしているけど、次第に熱を帯びて、自分がどれだけひどい目にあったか競争するように話して熱くなっていく。この島でも戦争の傷跡が残っている……、そんな思いを抱きながら深い眠りに落ちていった。

「どれ、指を見せてごらん。今でもきれいな指しとるねえ。みつゆちゃんちば、島一番の織り姫じゃったからなあ。親方さんがみんなに自慢しとったもん」

「だめだよー。紬の糸を触らなくなって、もう三十年よ」

言いながら母はそっと指を引っ込めたようだった。


……夢の底に眠っている記憶を呼び戻しながら、両親と同じ故郷を持つ大里春馬の足跡を辿ってみたいという思いが膨らんできた。この人の生涯を書き残そう。日本では無名に近い画家だが、だからこそ書く価値がある。今のところ「大里春馬の伝記」は誰も書いていないと、美術館主は話していた。

伝記を書くためには何よりサンタフェに住むメリッサ夫人の許可を得なければならない。彼女がノーといえばこの仕事は諦めるしかない。女性館主にそのことを話すと、即座に「連絡先を調べてみましょう」と告げた。彼女がはじめて笑顔を見せた瞬間だった。

館主からメリッサ夫人の連絡先を聞き、大里春馬の伝記を書きたいと、辞書を引きながら丁寧な手紙を書いた。数日後、「春馬が喜びます。こちらにおいでになる日を待っています」という電話がかかってきた。

伝記執筆のゴーサインが出たのだった。英語は挨拶程度しかできないというわたしに、「心配ご無用、長い付き合いのノリコが通訳を引き受けてくれます。彼女は有能で魅力的な日本語教師ですよ」

と即座に答えた。この手回しの良さから、夫人も夫の生涯を世に出すことを望んでいるのが伝わってきた。

こうしてサンタフェ行きが決まった。春馬がアメリカ大陸に足を踏み入れたというノーフォークの港からワシントンＤＣ、ニューヨークでの住居跡や美術館などへも行かなければならないが、これは次の取材に回すことにした。

メリッサ夫人の年齢が気になった。この伝記を書くには彼女の記憶や証言が柱になる。それが薄れてしまったり無くなってしまったりしたら、その時点で仕事は水泡に帰すことになる。いかに数年前まで働き、複数の新聞を読んでいるメリッサ夫人とはいえ、八十代半ばならその危険性は大いにある。夫人の心身の健全を祈るしかなかった。

サンタフェに行く前に、大まかな国内の取材を終える必要があった。わたしはさっそく春馬の生まれた与那覇島へ向かった。

三十数年ぶりの再訪である。紺碧の海と空の色は変わらなかったが、あの時にわたしたち家族を迎えた人々はもう誰もいない。熨斗袋に百円札を入れて歓迎するモケの習慣も今は途絶えているのだろう。

わたしはタクシーで図書館に向かい、島の歴史に関する本を数冊借り、大正初期の資料をコピーし、その足で役場に向かった。住民係で「大里春馬」の伝記を書くためにと説明し、彼の戸籍謄本を見せてもらった。そこには大里春馬の生年月日も死去年月日も克明に記されていた。死去年月日は領事館からの連絡によるものだろう。

東京からの客が珍しいのか、部屋の中央にあるテーブルに案内して、女子職員がお茶を出してくれた。右腕に研修生と書いた腕章をつけている。

「この人のこと、うち、ひいじいちゃんに聞いたことがありますよ」

いきなり思いがけない言葉が降ってきた。わたしが興味を示すと、丸盆を持ったまま彼女は向かい側の椅子に座った。内心、喜びながらも仕事中に構わないのか気になったが、さほど忙しくもなさそうだし、彼女の上司のような中年男性はどうぞと言うように笑顔を向けている。東京では考えられないことだ。

「こん人、大学行くって、島の人ぜーんぶに見送られて東京に向かったそうです。じゃけんど、大学を途中で投げ出して、アメリカに行ったって、聞いてます」

「そうですってね。ずいぶん思い切ったことをしたんですね、あの時代に、貨物船に乗って」

「船賃なんかは、どうしたと思いますか」

頭のてっぺんで束ねたポニーテールの髪を揺らして、身を乗り出してきた。

「船賃ですか?」

わたしが口ごもっていると、

「持ち逃げしたそうですよ。甥っ子の授業料をポケットにねじ込んで、桟橋にすっ飛んで、貨物船に乗ったんですって」

「ええー、ほんとですか」

いきなり上ネタが飛び込んできた。

「そうじゃ、みーんな知ってますよ。でも、だれも恨んだりしてないみたい。小さい頃から絵描きになるって言っていたから、そりゃ仕方がないことだと、親戚のもんも、咎めたりはしなかったみたい」

なんと寛大な。お茶を流し込みながらわたしは目を見開いた。

「昔、この島には咎めるという言葉がなかったと聞いています。台風とか大雨とか、自然の災害に島中で立ち向かわなければならなかったから、人間同士、咎めている場合じゃなかったのでしょう。今は、ちがいますけどね」

そうですか、咎め立てしない民族性。ううーん、おどろくことばっかりだ。

「こん絵描きさん、春馬って名前でしょう。家に馬を飼っとったから、こん名にしたそうです。島一番の金持で。学校通うのも馬に乗ったって、ひいじいちゃんが羨ましそうに話しとりました」

そう、島一番の金持ちだったのね。だからあの時代に、大学に進学できたのですね。彼女の目を見て相槌を打つ。なんと澄んだ目をしていること。アイラインもアイシャドーもいらない深々とした濃いまつげの中の瞳の輝き。やがてあなたも恋をするのね。島の青年に見初められるのか、都会の男を追って島を出るのかしら。そう話しかけたくなるのを抑えて、わたしは脳内ノートを広げる。旅費持ち逃げ、咎めない、馬で学校に通う、そんなことを空白のページに書き付けた。バッグの中から手帳を取り出して書き留めたいのを辛うじてこらえた。ここでわたしがペンなど持とうものなら、彼女は話すのを止めるか、よそ行きの話ばかりをしたがるだろうから、それは止したほうがいい。世間話を聞くように何気なく話を聞く。こちらが仕事モードで身構えると相手も身構えてしまう。これまでの取材で身に付いたことである。取材申し込みをした相手は別だが、何気なく飛び出した話は何気なく聞く振りをしながら、耳を澄まして、頭の中で言葉をなぞる。

「春馬って人、生きているのか死んだのか、十代で島を出たきり音信不通だったそうです。東京に行くにも命懸けということなのに、一人で外国まで行ったようらしと。お父さんっていう人は、どんな恥ずかしいことをしても、生きていればいい、アンピラ袋を被ってでも帰って来いって、死ぬ間際まで、おんなじ事を言っていたそうです」

「アンピラ袋？」

「そう、アンピラ。都会ではなんていうのかね、脱穀した米を入れる、あれ、麻袋のこと。東京にはないかも」

「ああ、あります。見たことあります」

アンピラ、アンピラ、麻袋、わたしは頭の中で繰り返した。

帰りの飛行機の時間が迫っていた。空港に行く前に春馬の生家に寄ると言うと、うちの車で案内しますから鍵をふって見せた。

どこまで親切なんだろう。恐縮して上司らしき人に会釈をすると、彼は立ち上がり「どうぞどうぞ」というように両手を差し出した。わたしの両親はこんないいところに生まれたんだ。東京になんか出て行かないでここで暮らせば、どんなにか幸せだったのに。なぜかいつも浮かない顔をしていた親たちのことを思い出した。

春馬の実家は役場から数分の距離にあった。雑木に覆われた敷地の片隅に、朽ちかけた家が建っていた。

「母屋は取り壊されて、残っているのは離れだけです。何年か前まで、血筋のばあちゃんが住んでいたけど、亡くなったから、今は空き家」

住民課の彼女の頭には、研修生のうちからこの島の住民の情報がすべて織り込まれているようだ。わたしは数枚の写真を収めた。トートバッグいっぱいの資料をかかえ、ポニーテールの彼女と握手を交わし、時間ぎりぎりにプロペラ機に乗り込んだ。ここから沖縄に飛び、そこからジェット機で成田に向かう。

与那覇島の次は長野のSデッサン館主に電話をかけて、「大里春馬の伝記を書くために伺いたい」旨を伝えた。館主は歯切れの悪い返事だったが、なんとか約束を取り付けた。

古刹を見下ろす丘の上に建つ小さな美術館の主は、顔を合わせるや、

「いやー、僕も彼の人生にはそそられましてねえ。漂泊の画家という題で書きたいと思っていたんです」

と打ち明けた。

電話の声の歯切れの悪さがわかった。

「でも、これは君の仕事だね。ルーツが同じということは何よりの強みだ。どんな資料にも載ってないことを、君は血の中にすでに持っているんだからね。譲りますよ、潔く」

木造りの美術館の裏庭にある枝ぶりのいい樹の下で、コーヒーを飲みながら館主は頭を掻いた。それが彼のユニフォームなのか、紺色の作務衣がときどき掻き上げる白髪によく似合っていた。

「メリッサは手応えのある女性だよ。頭もしっかりしている。だが、歳が歳だからねえ、話を聞くなら一刻も早いほうがいい」

そう言って手持ちの資料を貸してくれた。

サンタフェに行くまでに資料に当たり、春馬に関係のありそうな人々に取材申し込みの手紙を書き、返事に合わせて日程を調整した。

ニューヨークで春馬とともに活躍していたという画家・石垣栄太郎の妻、石垣綾子にも取材申し込みの手紙を書いたが、あいにく病気療養中とのことである。代理人から、参考にしていただけたらと石垣綾子の著書が送られてきた。添えられた手紙には、「石垣も出版を楽しみにしています」と書かれていた。大輪の花のようなあの笑顔を思い浮かべた。長い時間が経ったのだ。みんな歳を取る。いつまでも同じではない。話しておきたいことはあっても、高齢や病がそれを阻む。

国内での大まかな取材を終え、二〇一二年五月、わたしはアメリカに向かったのだった。成田からサンフランシスコそこからデンバーさらに乗り換えて最後のアルバカーキまで、実に十八時間の飛行機の旅だった。乗り換えるたびに日本人の姿は少なくなり、最後のアルバカーキでは全く見えなくなった。それどころか、時代が逆戻りしたのではないかと思うような、西部開拓時代を思わせる衣装を着た女や、ボルサリーノハットを被った男たちが街のいたるところにいて、マカロニウェスタンの再現かと目を見張った。家々は土と藁を混ぜて作ったアドビレンガである。ロッキー山脈の中腹にあるサンタフェの空は澄み渡り、アドビレンガの丸みを帯びた壁が一幅の絵のように眼前に迫った。

ヨウコソミチコ、大柄なメリッサ夫人は両手を広げてわたしを抱き寄せ、あらん限りの力で抱きしめた。分厚い胸にすっぽりわたしは埋まった。

夫人はこの日をどんなに待ったことかと喜び、雑誌や写真を山積みにしたテーブルにわたしを案内した。大里春馬との出会いから、展示会に明け暮れたニューヨークでの日々、日系画家たちとの交流、そしてよもやの第二次世界大戦勃発、究極の選択をして夫はアメリカ陸軍に入隊、そこで「日本軍は降伏せよ」とのビラ描きをさせられたことなどを、克明に記されたメモを片手に息もつかずに話した。メリッサの話を、そばに座っている典子さんが通訳した。

「私の日本語とミチコの英語は同レベル。そこへいくと典子は両方ともパーフェクト！」

夫人はそう言って手を叩いた。

話の間に、日本から持ってきたせんべいやメリッサの手作りのクッキーと紅茶で一息入れ、さ、次、と気合を入れては新しいステージへ進んだ。

このままいくと予定より早めに取材は終わり、帰りにはグランドキャニオンに寄れるかもと甘い期待を抱いた時、急にメリッサが口をつぐんだ。

「春馬さんは日本に帰りたいとは言いませんでしたか」とわたしが問いかけた直後だった。

「その質問には答えたくない」

きっぱりと拒絶し、もう疲れたから横になりたいと言いだしたのである。どうしたの？なぜ急に黙ったの、メリッサ。顔を覗き込んでも眉ひとつ動かさない。口を真一文字に結んで、テコでも開きませんという顔をしている。小柄な二人の日本人女性の間に、大きな岩がデンと腰を据えた恰好である。物言わぬ岩。

目を見張るわたしに典子さんは大丈夫よと目配せして、

「疲れたのね、メリッサ。明日になれば元気になるでしょう。さ、ゆっくり休んだほうがいいわ」

大柄な夫人を支えるようにしてベッドルームに付き添っていった。

さてどうしたものか、不安になって見上げた先に白いランプシェードが見えた。墨でなにやら文字が書かれている。立ち上がって見ると、

「行こか戻ろか　ここが思案の産多富江」

ところどころ滲んだ文字はそう読み取れる。

行こか戻ろか、ここが思案の産多富江……産多富江はサンタフェの当て字だろう。そしてたぶんこれは春馬が書いたものだろう。行こか戻ろか、日本に帰りたい帰れない、異国で逡巡する画家の姿が見えるようだ。

ベッドルームから引き揚げてきた典子さんは、今日はここまでにしましょうか、メリッサがとても興奮していると首を振った。

春馬さんは日本に帰りたいとは言いませんでしたかというわたしの問いが、彼女を興奮させるなんてとても思えないと返事を促すと、

「私たちにはわからない何かがあるのでしょう。それをどう伝えようか考えて、答えに窮

してしまったと思います。仕切り直しましょう」
テーブルの食器を片付ける彼女に、あれを見て、わたしはランプシェードを指さした。これ、春馬さんが書いたのでしょう、ここに答えがありましたね、そう言って彼女は小さく笑った。

その夜はなかなか寝付けなかった。ホテルの階下にあるバーに下りていってウイスキーを飲んだ。これからどうする、取材もここで終わりか。深いため息が漏れた。女ひとりカウンターに座っていると気になるらしく、遠慮なしに男たちが話しかけてくる。踊りませんか？　どこから来たの？　チャイニーズ？

いいえ、わたしは日本人よ、どうかしました？

逆に聞き返してやる。最近は黄色人種と見ればチャイニーズと決めてかかる。それだけ中国人旅行者が増えているのだ。急成長の経済力に物言わせて、彼らは日本ばかりか欧米をも席巻する勢いだ。

次の日は場所を移して、典子さんの家で取材をすることになった。アメリカ人の彼女の夫が「ぼくが役に立つと思うよ」と、助け舟を出してくれたのだった。

案の定メリッサは喜び、ケーキを食べながら軽いジョークを交ぜて会話を楽しんだ。同国人というそれだけで垣根が取り払われるに違いない。

「昨日は悪かったね、ミチコ」

そう言って夫人はわたしを軽くハグした。

「そろそろ日本に帰ったら？　私もあなたの国へ行ってみたい、ご家族に会いたいと言っても、春馬はノーの一点張りでした。ぼくは帰れない、アメリカ陸軍に入隊して、日本に矢を向けた人間だから帰るわけにはいかないって、頑として聞きません」

「そうですか。帰りたいとは言わなかったのですね」

「言いませんでした、一度も。アメリカ陸軍に入隊したといっても、春馬は銃を持たなかった。戦争終結を願うビラを描いただけじゃないの。それが日本に矢を向けたことにはならないと言っても、聞く耳を持ちません」


仕方がなかったわというようにメリッサは幾度も首を振り、

「それどころか、ぼくはもうアメリカ人になったんだ、ここがぼくのマザーランドだって、春馬は声を大きくしていました。自分に言い聞かせるようにね」

というと、あのランプシェードの文字はウソなんですね。喉元まで出かかった言葉を呑み込んだ。

「帰っても、家族に合わせる顔がない。島の人たちから、いいや日本国民から、きっとヒコクミンだと言われるに決まっている。石を投げられるのが落ちさ。そうも言っていました」

「ヒコクミン？」

典子さんの夫が妻に尋ねた。

「自分の国に協力しない人のことよ。自分の国を裏切った人。戦後は非国民と言われて、日本でも多くの人が処罰されたそうよ」

「ああ、レッドパージのことかな。それは残念だ。そんな理由で帰らなかったなんて、なんてもったいないことをしてしまったんだろう」

ありえない。彼は首を横に振った。

「でもね、メリッサ。日本人は賢い。勤勉な彼らはしっかり学習した。彼らは春馬のことを裏切り者などとは思っちゃいなかったんだよ。戦争で彼らは大きな犠牲者を出したからね。ぼくはノリコの生まれた日本が大好きだから日本のことはよく調べている。ヒコクミンなんて、そんな言葉、すでに死語になっていたのに。それで帰れなかったなんて」

悔やんでも悔やみきれないという表情を見せる。

「日本と米国の間で身動きできなかった春馬は、だれより戦争の犠牲者だ。そして敵だったアメリカと日本は、今じゃベストパートナーになっています」

強く言い切った。

「私もそう思います」

ありがとう、ありがとう、メリッサは肉付きのいい指で典子さんの夫の手を握った。

「僕とノリコもベストパートナー、ね」

典子さんの長い髪を撫でながら、彼は青い瞳でウィンクしてみせた。


二度のアメリカ取材を終え、大里春馬の伝記『裸足の絵描き』は出版にこぎつけた。

「この本を手にした時のメリッサの喜びようと言ったら、まるで三歳の童女のようでした」

典子さんのメールは、何よりもの安堵をもたらした。

発売からまもなく、多くのマスコミの取材を受けた。南の島に生まれた漂泊の画家、着の身着のままで旅した放浪の画家、さまざまな紹介文をつけて彼らは報道した。没後三十年近くたって、大里春馬の名は多くの人が知ることとなった。

英語もまともに話せない遅咲きのもの書きが、単独アメリカ取材に渡って埋もれていた日本人画家を掘り起こしたことも、少しは興味をもたれたかもしれない。春馬の生まれ故郷の小中学校や役場では、わが村の生んだ偉人の伝記と噂が広がり、数十冊、多い時には百冊単位で出版社に注文が来たと聞いた。島のお土産がわりに内地の子らに送るという人もいたようだ。

出版後には、与那覇島をはじめ、東京、大阪、名古屋、鹿児島などで催される郷友会に招かれた。ポニーテールの役場の女性が司会を務め、この本の中のアンピラ袋のことは自分が話したのだとちゃっかり紹介した。彼女の腕に研修生の腕章はなかった。

五十歳近くまで「同郷」という言葉とは無縁に生きてきた自分が「同郷人」の集まりに招かれ、祝辞では両親のルーツである与那覇島まれの画家を世に出した書き手として紹介される。思いがけないことであった。

新しい楽園、豊かな生活を求めて島を出てきた人々は、慣れない都会の生活で郷友会の横のつながりを支えに生きてきたのだろう。一世から二世、三世へと彼らの血と足跡は受け継がれてきた。濃い眉をした人懐っこそうな人たち。中には私の両親の名前を出して、昔話をする老人もいた。父があんなに嫌った郷友会に、その娘が参加している。そこでもてはやされている。父の苦々しい顔が浮かんできた。


「春馬はペインティングアイを持ち、メリッサは詩人の心を持っていた」

「あ、あの二人。街を歩いていても、野原でスケッチしていても、すぐに目に付いたわ。大柄なメリッサと彼女のスカートにすっぽり入る、春馬」

「冒険好きで、ミステリアスなコンビだった」

「絵筆の買えなかった春馬は、自分の長い髪を切って絵筆にした。アイデアマンだった」

「ほら、これがその絵筆よ」

「車の好きな二人は、どっちの運転がうまいか、いつも競い合っていたわ」

ガダルーペ教会で行われたメリッサ夫人のお別れの会は、終始笑いに包まれた。テーブルに飾られた夫人の顔写真や花束、それを囲むようにして座っている四、五十人の参列者はみな普段着である。カラフルな装いで、一見、なにかのお祝いパーティーのようにさえ見える。

お別れ会のあと空港に向かうバスの中で、典子さんはメリッサからの預かり物を渡した。

「何が書いてあっても驚かないでね。メリッサは灰になって、もうすべては終わったことなの」

そう言ってわたしの肩を抱いて帰って行ったが、驚かないでと言われて急に落ち着かなくなる。空港のカフェに入って、コーヒーをひと口飲み、それから急いで袋を開けた。紙袋の中に入っていたのは夫人が肌身離さず持っていた大島紬の手さげ袋と夫人の手紙、それに日本の切手の貼ってある黄ばんだ封筒だった。

ミチコ、あなたの手元にこの手紙が届いたことに感謝します。ノリコに招かれて、お別れの会にきてくれた、きっとそうですね。ありがとう、ミチコ。お会いできてとてもうれしい。病院のベッドで、この手紙を書いています。車の運転をし、春馬のために朝夕の食事を作っていた指にも力が入らなくなり、ペンも自由に動きません。読みにくいでしょうが、がまんして読んで。これだけはミチコに伝えなければ、旅立つことができない。

「春馬さんは日本に帰りたいとは言いませんでしたか」とミチコに聞かれた時、わたしは心臓が止まりそうでした。取材が始まった時から、聞かれたらどうしよう、聞かないでくれますようにと祈っていたことでした。でもミチコはライターです。聞き逃すはずがありません。それこそが最大の関心事だったことでしょうから。

春馬は帰りたがった。若い時に島を出て七十近くになるまで旅を続けたのです。どんなに帰りたかったことでしょう。戦後、アメリカ奥地のこの街に移り住んでからというもの、その思いがいよいよ強くなりました。ニューヨークでは忘れていた故郷を、この田舎町で思い出したのです。それも無理からぬことでしょう。ここは気候も人も暖かい街、たぶんヨナハジマに似ていたのだと思います。

おっかーんよー、ちゃんよー。

寝言にも両親を恋しがるようになりました。

戻りたかー、ヨナハジマに戻りたかー。

何度も繰り返しました。

そのたびに私は起き上がり、彼の背中をさすった。

帰してやりたい、でも帰すわけにはいかない。帰したが最後、春馬は私のもとには戻ってこない。自分はなんと罪深いことをしているのだと責めましたが、帰すことはできない。それどころか、あなたは非国民と言われている、日本に帰ったら牢獄送りだろう、ひどい場合は死刑もありえると言い続けて、脅かし続けました。


人は死ぬ間際にならなければ事実を語れないものなのか。知るのが遅すぎたと嘆くのもまぬけに思えるほど、時は非常な勢いで過ぎていた。生ぬるくなったコーヒーを飲み、息を整えてからつづきを読んだ。


そんな折、ヨナハジマの親戚から相次いで手紙が来たのです。なんでも、わが家で春馬が接待した（貧しい食事でしたが）日本人旅行者の一人が、ヨナハジマの役場を訪れた機会に、私たちのことを話し、住所も教えたというのです。

もう、生きてはいまい。旅の途中で行き倒れになっただろう、いや先の戦争で流れ弾に当たって死んだにちがいない、そう思われていた春馬がアメリカで生きていた。

これには親戚も島中の人も驚き、それではさっそく呼び戻そうじゃないかと手紙を書いた。（その中の一通をいれておきます）

さいわい春馬は手紙のことは知りません。スネークウォーカーの彼は、スケッチに歩くのが忙しかった。それをいいことに私は一計を案じ、返事を書きました。

ご心配ありがとう。残念なことに春馬は戦争の痛手を受けて心を病み、去年、亡くなりました。彼の骨は遺言通り、多くの友人たちの手によってサングレ・デ・クリスト（キリストの山）に撒かれました。太平洋を越えた彼の魂は、今ごろヨナハジマに帰りついていることと思います。

信憑性を高めようと、彼らの知らない山の名前まで書いて送ったあと、私はさらに奥地の住まいを求めて春馬と引っ越しました。眺めの美しいここなら、たっぷりスケッチができる、そう理由をつけて。それ以来、ヨナハジマから手紙がくることはなかった。

ヨナハジマとサンタフェは一万数千キロも離れている。だれも顔を見に来ることなどできない。その距離が幸いしたのです。今なら、飛行機で飛んでくることも可能ですが、当時は遠い地の果て。あらん限りの知恵を絞って、必死の思いで春馬の里帰りを拒むことができました。ミチコ、私はなんと罪深いことをしてしまったのでしょう。

このようなひどい言葉を吐かせたのは、この大島紬のポシェットのせいなの、ミチコ。この紬を織って持たせたのは、妹だと春馬は言ったけれど、じつは許嫁だったのです。ミツユという名の許嫁がいたのです。

ミツユ。

わたしの目はこの三文字に釘付けになった。

待ってよ、メリッサ。

わたしは手紙から目を離した。ミツユ、美露。

そんなこともあるのか。わたしが生まれる前に起きていた密かな事件。古い映画の一幕を見るような思いである。通り過ぎたあまりにも長い時間の前で、絵描きと母との鮮烈な像が結べない。

「おじいちゃんという人が書の達人だったそうですよ。朝露をあつめて墨を摺っていました。そこからね、美露って名を思いついて、つけてくれたそうですの」

自慢などすることのない母だったが、珍しいお名前ですねと言われると、決まってそう答えていた。その顔が誇らしそうだった。ナツ、ユリ、ミツ、チヨなど、女の子はカタカナ二文字の名が圧倒的に多かった時代に、漢字のしかもこんなに雅な名前をつけてもらったなんて。わたしも羨ましく思ったぐらいだ。

その愛らしい名の母が、ここにきて話題になるとは。それも誰かの人生を左右するような存在になるとは。こんな遠くまで来て母の秘密を知ることになるとは……。

わたしはメリッサの手紙を脇にやり、傍らの黄ばんだ封書を開いた。何十年の歳月が流れたのか、中から湿り気を帯びた匂いがしてきた。春馬の妹が書いたのだろう。柔らかな筆跡が文面に流れていた。


……兄《あに》さまがお元気でいらっしゃるということを聞いて、親戚一同、喜んでおります。お会いしたいです。一刻も早くお帰りください。ちゃんもおっ母さんも歳を取りました。おっかさんは朝晩、兄さまの名を呼んでいます。あの声が聞こえるでしょう。

兄さまと結婚するはずだった美露さんは、東京から帰ってきた島の男の人に連れて行かれました。嫌だ嫌だとがんばったけれど、美露さんの親が結婚をさせたのです。

春馬は流れ弾に当たって死んだと聞いた、もう、帰っちゃ来んが、そう言うて、嫁がせたのです。相手の男は警察官です。男の人は島の出身ですが、高校から東京に行ったそうです。月給取りだからいい暮らしができると、美露さんの親が乗り気でした。春馬さんは死んだに決まっている、何も連絡はないじゃないかと押し切って、耳を貸そうともしなかった。警察官というその人は島に遊びに来て、そこで美露さんを見初めて、さらうように連れて行きました。もうどうにもなりませんでした。

美露さんが織った大島紬は、旅先で兄さまの役に立ちましたか。欲のない兄さまのことだから、珍しがられたら、あの人にもこの人にもとあげたりしたかもしれませんね。兄さま。早く帰ってきてみんなに元気な顔を見せて、早く、早く美露さんを取り返してください。美露さんも待っているそうです……。


妹の切々とした訴えを、メリッサはどんな思いで読んだのだろうか。よくぞ手紙を破り捨てずに保管していたものだ。メリッサの思い、妹の思い、そして母の思い。こんな重いものを受け取るために、わたしはこの地に来たのか。

かわいそうにすっかり悪者扱いにされている父。言葉少なで女に惚れたことがあるなんて、ついぞ思えなかったあの父のどこに、人の許嫁を奪うような情熱があったのだろうか。驚きだった。

わたしはふたりの顔を思い浮かべた。どうして結婚したのだろうと思うような、反りの合わない会話はいくらもあった。父は威張り母は忍従するばかりだった。それが私の目に焼き付いた両親の姿、最も身近な夫婦像。こんな夫婦はつまらない、学生の頃からそう思っていた。だからといって、わたしが結婚の道を選ばなかった理由にはならないけれど。

わたしはふたたびメリッサの手紙に目を戻した。


この大島紬を織ったのは、許嫁のミツユさんという女性だった。それを知った以上、いよいよ春馬を日本に帰すわけにはいきません。幸せを手放すわけにはいかない。私は思いつくあらゆる理由を並べて、日ごと夜ごと、彼を説得しました。幸いなことに、春馬は私の言うことを信じ、わかった、もう日本に帰るなんて言わないよ、帰るまい、メリッサと一緒にサンタフェの土になるんだと、と私に抱きついてきました。

日本の軍国主義の怖さは骨身にしみていました。帰れば銃殺される、そう言って震え上がっていました。春馬は絵が描けさえしたら満足でした。そのことが幸いしたのです。

私たちは一緒に暮らしていましたが、結婚はしていません。事実婚でした。ぼくはいつ日本に帰るかわからないから入籍するわけにはいかない、それでもいいかと念を押されて、かまわないと返事をしたのです。そのうちきっと入籍できる日が来ると信じていました。最後までその日は来なかったけれど。

ミチコ、読んでくれてありがとう。ノリコの力を借りてここまで書くのに一カ月近くかかりました。指も痺《しび》れてきました。

そろそろ若い友人たちが来る頃です。クローゼットにこの手紙を隠さないと。目ざとい彼女たちはなんでもすぐに見つけてしまうの。今夜はどんなゲームを教えてくれるのかしら。彼女たちとゲームをしながら神に召されたらどんなにか幸せなことでしょう。

春馬の命を救った大島紬で作ったこのポシェット、日本に帰します。ミツユさんのそばに置いてください。

春馬の伝記に嘘を書かせて、取り返しがつかないことをしてしまったこと、許しくださいね、ミチコ。

メリッサの手紙はそこで終わっていた。

膝に乗っている手さげ袋は軽いけれど、純毛のコートよりも重くわたしには感じられた。十代の母の指が紡いだ大島紬。海をいくつも越えて百年近くも生き続けてきたというのに、こんなにも美しい色を保っている。

メリッサ、気にしないで。悲しむことはないわ。伝記に嘘はつきものです。どんな立派な伝記にだっていくつかの嘘がある。生きていくためには誰だって嘘をつく。嘘のない人生なんてありえない。あなたの嘘は許される嘘、愛のためについた嘘だもの。

そのミツユさんという人も、許してくれるはずです。厳しい夫が定年間際に亡くなり、一人娘と東京暮らしを満喫したようですから。彼女は愛のために戦うことのできなかったいくじなしさん。

『裸足の絵描き』が重版されても、わたしは書き直したりしない。それはメリッサとわたしだけの秘めごとだから。ここは彼女の執念に軍配を上げるべきだ。

暖色を塗り込めた春馬の絵の中にあった渦巻きのような線の正体がなんだったのか、次第に見えてきた。咎めるという言葉を知らなかったといわれる島に生まれた春馬なら、妻の必死の行為を咎め立てなどしないだろう。

手さげ袋の縫い目をたどっていくと、小さなほつれが指先に触った。ほつれを一本ほどいてみるが、縦糸と横糸がぴしっと織り込まれて簡単には解けない。

サンタフェの空は今日も青い。晴れ上がった空には原色の服が映える。色とりどりの裾の長い服を着た女たちが行き交うアメリカ奥地の空港で、わたしは搭乗案内を待っている。

いよいよ始まる春馬の里帰りだ。長年の夢がいま叶おうとしている。

桟橋

出港まで二時間もあるというのに、鹿児島港の待合室は早くも乗船客と見送りの人でごった返していた。あちこちで島の方言が飛び交う。受付の窓口には人の山ができ、係員が出てきては、一列に並ぶようにと声を荒らげている。船上で一夜明かせば明日は大晦日。分厚いコートやセーターの両肩に提げている袋には、親戚への土産ものや都会の食料品が詰め込まれているのだろう。

帰る人、見送る人で埋まった桟橋は、そのまま島が移動してきたような賑わいである。帰省客には関西弁の人が多い。何十年も島を離れて久々に帰るのか、興奮が冷めやらないようだ。汽車に揺られて西鹿児島駅まで来て、鹿児島桟橋に辿り着いたら、故郷はすぐそこである。

あの人たちの列に並べば、今からでも切符が買える。いくつかの島を経由して、明日の昼には終着港の沖小浜島に着く。待合室の隅に腰掛けていた将彦は、ジャンパーのポケットに手を入れて財布を握り締めた。数日前に渡されたばかりの小遣いは、まだそのまま残っている。

「親方さんから、お年玉だよ。クリスマスの分も入れてくださったみたいよ」

そう言って那津が渡した封筒には、いつもの倍近い小遣いが入っていた。毎月の小遣いにお年玉を加え、さらに「ここの若い子たちはクリスマスも盛んにやるんですよ」などと那津が教えてやって、五千円ぐらい増やしたにちがいない。田舎者で大正生まれの父は、クリスマスがどんなものか知るはずもないのだから。

その父から、

「正月は島に帰らんでいい。わしも今度の正月は東京じゃ。大きなデパートで売り出しがあってな、島には帰れん。おまえも帰らんでいい。親も子も試練の時じゃ」

厳しく言い渡されていた。

正月の帰省を楽しみにしていた将彦にはあまりにもショックな一言だった。運動会が終わり、文化祭を済ませて、あと二カ月で島に帰れると、毎日カレンダーの日付に印をつけていたのに。そんな将彦の心を見透かしたように、

「明ければすぐ高校受験が待っている。受験生に正月なんかない。なんのために、あんな

遠い島から鹿児島の中学校に転校してきたんか、よく考えろ。今、きばらんといかん」

秋の終わりごろだった。大島紬の反物を風呂敷に包み、これから東京でひと稼ぎしてくるという父を西鹿児島駅で見送った時、将彦は何度も念を押された。そばに立っていた那津にも、

「この休みが勝負じゃ。滋養のあるものを食わせてやってくれ。頼んだぞ」

言い残して父は夜汽車に乗った。

「親方さんは力強い人やねー。ようがんばんなさること。まあちゃんも、ファイトやね。伊良部家の誇りよ、みんな期待してるんよ」

帰り道、那津はそう言って将彦の肩を抱いた。


北風がいよいよ吹きすさび始めると、将彦は無性に島に帰りたくなった。帰りたい。大晦日と元旦だけでいい。家族や島の友達と過ごしたい。こんな寒いところで正月を迎えるなんて嫌だ。

今なら間に合う。行こう。行きさえすればなんとかなる。幸い父も島にはいない。東京のデパートでの売り出しの準備で年末年始もない、よーがんばんなさる、と那津が繰り返し言っている。今夜から那津も友達と温泉に行くことになっている。おせち、たくさん重

箱に入れておきますから、まあちゃん、大学のお兄さんたちとたっぷり食べるのよ。那津は数日前から買い出しに行き、掃除の合間に料理作りに精出している。

切符を買ってしまえばこっちのもんだ。ほら、早く。何度もけしかけてみるが、足が動かない。父の顔が大写しになって、怒号まで聞こえてきて将彦を怯《ひる》ませる。

もし約束を破って帰ったりすれば、おまえの躾が悪い、と母親が怒られる。酒を飲んで横暴になり、母を殴るかもしれない。青年相撲で名を上げた父は腕っ節の強さが自慢だ。これまでに数回、母に拳を振り上げたことがある。そのたびに将彦は怯《おび》え、物陰に隠れた。母をかばわなければと思うのだが、父の剣幕の前に縮み込むしかなかった。帰りたい。帰れない。将彦は握っている財布を投げてしまいたい衝動にかられた。

今日の船で帰るよ。

ここから那津に電話をかけて、そのまま船に乗ろうか。那津はすぐに東京の父に連絡をするだろう。まあちゃん、急に島に帰りたくなったみたいで。一晩だけで戻って来るそうです。そんなふうに那津が言えば、父はきっと許してくれるだろう。父は決して那津を怒ったりしない。

那津は父が所有するアパートの一階に住んでいる。二階には流し付きの六畳間が三部屋あり、真ん中が将彦の部屋、両隣は大学生が借りている。角帽をかぶった姿は見ていないが、二人とも詰襟がよく似合う。出身地は別でも同じ大学に通っていると聞いた。那津は学生さんたちの部屋代の集金をし、家の修理の手配をしたり掃除をしたりしている。

中学三年になったら鹿児島の学校に転校する、ということは早くから決められていた。それは将彦が希望したことではなく、両親、というより父と担任が話し合ってのことだった。人口五千人ほどの沖小浜島からも数年に一人は、進学のために島を出て行く中学生がいた。いずれ自分にもその日が来るだろうと、将彦の心づもりはできていた。

大学進学のことを考えたら、早くから都会に出て大きな学校で揉まれたほうが力がつくというのが、大人たちの理由だった。早くといっても小学生では早すぎるが、道理のわかる十四、五歳がちょうどいいと父は自信ありげに言い聞かせた。

将彦の三つ上に龍彦という名の兄がいた。体も丈夫で、早くから読み書きを覚え、この子は秀才だともてはやされていた。優秀なばかりか人の世話をするのも好きで、小学校に入るとすぐに親分肌を発揮した。文房具の買えない友達には、自分の持っている鉛筆や消しゴムを気前よく分けてやった。うちにはこんなにたくさんあるのに、どうして友達の家にはないの、と不思議そうに母に聞いたことがあったらしい。

その年の秋のこと。朝から降っていた雨は、下校時にさらにひどくなった。傘を持たない友達が濡れて歩いているのを見かねて傘に入れ、龍彦はその子の家まで送って行った。彼の家は自分とは逆方向である。それでも大丈夫だよと胸を張り、かなりの距離を歩いて送り届けたらしい。だが、雨足は時間を追って激しくなり、我が家に向かう頃には辺りは暗くなり、見通しがきかなくなった。雨を縫って慣れない道を歩いていた龍彦の足は、側溝から溢れる水に掬われた。帰《すく》りが遅いと心配した家族と集落の大人たちが夜通し探しても見つからず、翌日の朝に、小さな遺体が海に浮かんでいたというのである。側溝に挟まっていた木の株には、龍彦のランドセルがひっかかっていた。

「背骨を打ち折られた」

父は言ったまま、何日も押し黙っていたそうだ。

「まだ数え年七つだよ。友達思いがアダになってなあ。おいしいものもたくさん食べたかったろうに。濁り水に飲み込まれてなあ。どんだけ、苦しかったもんか」

今でも母は思い出しては涙声になる。特に雨が降り続くときは、胸が締めつけられると言う。

「たっちゃんはなにもかも揃いすぎたんだよ。容姿も良かった、頭も良かった、気立ても良かった。あんまり出来すぎたから、神様が早々と連れていったんじゃろうねえ。神の子だったと思うんだよ」

親戚のおばさんたちはそう言って母を慰める。

たっちゃんが生きていれば、どんなに心強かっただろう。将彦が四つになる前に兄は亡くなっているが、写真でしか知らない兄の面影を将彦も探すことがある。優秀だったという兄は、両親の期待を担って、頼もしい男に成長しただろう。

たっちゃん。

将彦はなんの意味もなく、その名を口にすることがあった。呼べば近くに兄がいるような気がする。

体も丈夫で出来のいい兄に比べて、自分はなんと見劣りのする弟だろう。

その将彦をかばって、この子は龍彦に比べて身が柔らかく、風邪をひきやすい、大事をとって、せめて高校まで卒業させてから鹿児島に出しても遅くはないのでは、という母の声など、父の一声でかき消された。

「なにを言うか。おまえは甘すぎる。十四、五といえば昔は一人前の男。わしは予科練に入ってお国のために働いた。稼いだ金は親に仕送りしたもんだ」

父は何かというと戦争時代のことを引き合いに出す。志願して「大日本帝国海軍飛行予科練習生」に入隊し、南太平洋の島々で戦い抜き、敵中突破して命からがら引き揚げたという武勇伝は、もう何度聞かされたかしれない。そのたびに、

「共に戦った戦友が一人また一人と命を落とした。昨日まで傍で飯を食っていた男が、翌日は敵の弾に当たって死ぬ。このわしの目の前で、事切れたんだぞ。こうな、わしの手を握ってなぁ」

目を瞬《しばた》きながら自分の両手を握り締めた。

「あたら十九、二十歳で死んだ戦友のことを思えば、これしきのこと、なにほどのこともないと、農業もした、田んぼに入って泥染めもした。冬の寒さも夏の暑さもどうっちゅうことない。あるもんか。あいつらの分まで働いて、あいつらの分まで生きるんが、わしの務め。どんなときも自分を奮い立ててきたさ。そうして今がある。わしがこの島一番の紬親方になれたのも、あの辛い経験があったからこそ、あいつらと共に戦ったからこそじゃ」

苦しい経験にはちがいないが、いつのまにかは戦争がなくてはならないものだったように聞こえてきて、将彦には苦痛だった。戦争がなければ、戦友が目の前で死ぬということがなければ、どうだったのか。聞きながら、いつももやもやしていた。そんな屁理屈いうもんじゃない、と怒られるに決まっているから口にはしなかったけれど。父は自分の苦難の足跡を振り返りながら焼酎を舐めた。

生まれた家が水呑み百姓だったため、好きな学問の道にも進めなかったという父にとって、息子を島外に出し、大学までやるというのは大きな喜びであり、自慢でもあるのだろう。

　こうして父の思惑通り、将彦は中学最後の一年を鹿児島で過ごすことになったのである。予科練などという物騒なことのために、親元を離れたのではなかったことは救いだった。汽車に乗ったことがないし、電話もかけたことがない。テレビというものもない島から、一人で都会へ出て行く。道に迷わないか、言葉は大丈夫か、なにより朝晩の食事はどうするか。考えると不安になるという将彦の言葉を聞いて、母はなかば怒ったように諭した。

「一度決めたんだから、もうくよくよしなさんな」

　泣き言は聞きたくないというように、きっぱり言った。おまえが甘やかすからじゃ。ちゃんと言い聞かせておけと父の厳命があったにちがいない。

「子どもを都会に出すにはお金がかかる。それでも父さんは心配するなと言っておられる。立派な大学に入って、自分のできなかった学問をとことん修めてほしいと願っておられるんじゃ。そのためには島の中学にいたんじゃ無理じゃちゅうて、わざわざ鹿児島の学校に行かせてくれるんじゃよ。都会の学校に行きたくても誰も行けない。この三年で、あんた一人なんじゃよ。ありがたいと思わんとな」

　懇々と言い聞かされた。しまいには、

「鹿児島では、なっちゃんと同じ家で寝起きするというじゃないか。あんたが姉ちゃんみたいに慕っていた、なっちゃんが世話してくれるち、よかったなぁ」

そう言って将彦を安心させ、

「なーんも心配ないっちゃ。食事の世話もＰＴＡも、一切合切、なっちゃんがやってくれるんじゃやから。将来のこと考えたら、親元離れて寂しいなんて言っておれんよ。なーんも心配はいらん。よそ見なんかしておれんよ、勉強に精進、精進」

そう言って、将彦の尻を叩いた。

「鹿児島の大人たちは、いろんなもの見せるだろうけど、そんなもんに心奪われてはつまらんよ。大人は大人、あんたはあんた。そこをしっかり弁《わきま》えてな」

「……なんのこと？」

けげんな顔をする将彦に、いいの、いいの、まあちゃんはなーんも知らんでいいのと笑顔になり、またもや那津のことに話を戻した。

「あんたは、小んまかころから、なっちゃんが好きだったんじゃないね。織り工場に行くと、いつもなっちゃんの機物の横に座っていたじゃないの。鹿児島に行けば、毎日なっちゃんに会えるんだよ。あのきれいななっちゃんにな。なっちゃんも喜んでいると、父さんが言うとった」

そんなに何度も言わなくてもと思うぐらい、母は「なっちゃん」という言葉を口にした。

まるで呪文でも唱えるように。将彦は顔が赤らむ思いがした。たしかに、小さい時は那津にくっついていた。いつも長い髪をハンカチで結わえて、ふわっとした長いスカートをはいていて、那津のそばにいくといい匂いがした。周りの女たちとは違って色白で、指もふっくらして、ゆっくりした物言いで、優しい眼差しで。


「この娘《こ》が中学卒業したら、親方さんとこの工場で機織りさせてもらえませんか」

そう言って那津が母親に連れられて来たのは、将彦が小学の一年か二年の夏だった。その日のことを、将彦は不思議とよく覚えている。

近所の兄さんたちに連れられて海に行き、ウニを獲り、合間に泳いで、疲れると熱い砂の上で腹ばいになって、またもぐる。そんなことを繰り返して、帰ってきたのは日暮れ前だった。十数個のウニと貝の入った背負かごを母に渡すと、「おや、大漁じゃないの」と喜び、さっそく夕飯のおかずにしようとポンプのところで下ごしらえを始めた。半日というもの陽に灼かれ、海水に浸かり続けた将彦の体は、母の顔を見た時から芯がぬけたようになってしまい、そのまま卓袱台の横に倒れ込んだ。

「まあ、こん子は。死んだように眠って」

「寝かせておけ、海酔いしたんじゃ」

「ウニご飯も食べんと」

「体がだれきってるんじゃ」

遠くで両親の声が聞こえる。返事をしなければと思うが、まぶたが開かない。声はおろか、手も足も指先ひとつ動かす力も出ない。腹が減っているかどうかもわからなかった。茶碗の鳴る音、汁をすする音、両親の話し声。すべてにモヤがかかっている。こうもボヤけているのは、蚊帳の向こうか、道の向こうか、それよりずっと先のほうから聞こえてくるからか。そんなことを思いながらも将彦は眠り続けた。海の底に沈んだままゆらりゆらり揺れているような気分。これを海酔いというのか。

「そうか。わしの工場で機を織ってくれるか」

父の驚いたような声で突然目が覚めた。卓袱台のある居間に続く表座敷からの声だ。

「はい。親方さんとこで、この娘を一人前にしてください」

いつのまにか掛けられていた父の匂いの染みた浴衣の下のほんのわずかの隙間から、将彦は表座敷のほうを窺ってみた。玄関から三十センチぐらいのところに、女が二人座っている。父は床の間を背に胡座《あぐら》をかき、母は台所で湯を沸かしている。向こう側の娘の姿は、母親の陰に隠れてほとんど見えないが、制服なのか膝を包む紺色のスカートだけが見えた。

「この娘の名は、那津と申します。沖小浜中学校に通っとります。三年生で、来年三月は卒業します」

「なつ、か」

「はい。那覇の那に、大津、津波の津……」

「ほう。ナハの生まれか」

「はあ、この娘の父親が漁師で……」

と言ってから、母親は下を向き、それから家庭の事情のようなことを話し始めた。将彦は薄い浴衣の下で目を開き、耳を澄ませた。

夫も自分もこの島の生まれだが、沖縄の糸満で暮らしていた。夫は腕のいい漁師だったが、体を壊して仕事ができなくなり、去年、実家を頼って引き揚げてきた。家はここから歩いて小一時間ぐらいのところで、苗字はこれこれと告げている。

「その家なら、知っている」

父は一人二人、近くの住人の名を挙げ、母親はまちがいありませんと頷いているようだ。

自分は農業しかできないが、この娘は器用だから機織りをさせて、少しでも家計の手伝いをさせたいと話す。

「親方さんの工場では、奥さんが丁寧に教えてくださるという評判を聞いとりますんで」

というのが理由のようだ。

「それに、織り賃も他の工場より高いと聞いとりますが」

母親は言いにくそうに言った。

そんな噂が立っとるのかと父はまんざらでもないように頷いて、キセルに葉タバコを詰め始めた。

「そら、楽しみなことだ。戦争が終わって十年、ありがたいことに大島紬の売れ行きは上々じゃ。きばって織って、しっかり親孝行せんといかんな」

火箸で煙草盆の燠《おき》を挟んでタバコに火をつけ、ひと吹かしすると、うっすらと煙が上がった。深々とキセルの口を吸い、ゆっくりと吐き出す。それを繰り返す。満足している時の父の癖である。

「そこで、お願いがあっての、親方さん。どうですやろ、明日からでも機を立ててもらえんじゃろか」

「……明日から？」

「はい。勝手な頼み事とは承知の上。なんとか、一日でも早く、仕込んでもらえまいかと考えてのことで」

「それはまた急な話じゃな」

父は、灰を満たした丸い陶器の灰つぼに吸殻を落としている。煙草盆の角にキセルを打ち付ける音がした。

「お金が要るんです。前借り、させてください。学校の帰りに、工場で見習いさせてください」

娘の声である。

「前借り？」

父が聞き直した。将彦は父の浴衣の中で身を縮めた。

「父ちゃんを入院させせんと、どうもならんごとなりまして。その費用、用立ててもらえんじゃろかと、こうして参ったんです。どうかお願いします。どうか」

母親はすがりつくように言っている。

父も母も呆気《あっけ》にとられているのだろう。

「おかみさん、どうぞ、こん娘を仕立ててやってください」

今度は母に向かって頭を下げた。二人は畳に頭を擦りつけんばかりである。

それを見て父は心を決めたのか、いつも弾いている五玉のそろばんを膝元に引き寄せて親指と人差し指で弾いた。

「こんなことは初めてじゃが、こうやって来てくれたのも何かの縁じゃろ。他の工場もあるのに、うちを選んで来てくれたんじゃやからな。それに応えんわけにはいかん」

そろばん玉が音を立てて上下し、これぐらいならなんとかできると二人に示した。

「こりゃ、どうも。こんだけあったら、父ちゃん、病院に連れて行けます」

金額に折り合いがついたらしい。

「じゃが、今日の明日、現金を用立てるちゅうのは、無理じゃや。一週間後、もう一度、来てくれ。それでいいか」

その時には、那津のために機物も準備しておく。初めは腕慣らしからじゃが、日に一時間ずつでも織っていけば、じきに手が慣れる。学校帰りに機織りの稽古は大変じゃろが、親父さんのためじゃからなという父の言葉に深々と頭を下げて、二人は帰って行った。聞いてはならないことを聞いたような気がして、将彦の胸は高鳴った。


たぶんその間に、父は那津の家のことを調べたのだろう。そして貧しくてもあの家の娘なら大丈夫だろうと踏んだらしく、数日後、約束通り那津は、制服を着たまま工場で機織りの見習いを始めた。母がそばについて教え、母がいない時はベテランの織り子が指導に当たった。

冬休みも終わる頃だろうか、家に新品の赤い自転車が届けられた。那津の通学用の自転車だという。今は小一時間の道を歩いて通学しているが、自転車で通えば楽だし、時間も短縮される。そうすれば、少しでも長く機が織れるからと、父が買い与えたのだという。

「えらい気の入れようじゃこと。ほかの子はみんな歩いて学校行きよるのに」

将彦だけがいるところで、母が小さい声で言った。

誰も持っていない赤い自転車は那津のトレードマークになった。将彦も風を切って帰ってくる那津の姿を見るとウキウキした。工場に入れば、自分もついて行って、機物の横に座った。糸をもらってきてと頼まれたり、習った歌を教えたりと自分が那津の役に立っていることが自慢だった。

覚えのいい那津は、中学を卒業する頃までに月に一反の反物を織るまでになり、織り賃から少しずつ前借り分を返済しているようだった。このままいけば一年で完済し、三、四年で蔵が立つなどと、父は満足げに話していた。このところ大島紬の景気はウナギのぼりだと大人たちは噂しあい、農業から紬へと転職する人が多かった。父のもとには仕事を覚えたいという相談がひっきりなしに来ていた。

父は島の内外にいくつかの紬工場を建てた。那津はいつのまにか指導者として父と共に島々を渡り歩き、見習い織り子に手ほどきをするほどになっていた。

将彦が小学五年の頃だったか、那津に縁談が持ち上がった。相手は東京に住む紬販売店の跡取り息子である。両親はこの島の出身だが本人は東京の生まれ、親に連れられて盆に帰った時に、那津を見初めたのだそうだ。

「まだ成人式も迎えていない。こん娘は家の大黒柱、嫁に出すわけにはいかん」

那津の母親は反対した。だが、家計のことは嫁ぎ先が援助するからという条件が出た。

「跡取り息子の身を早く固めて、商売を広げたい。娘さんには何も苦労はさせない」

相手方はあの手この手で口説きにかかり、かなりの援助を申し出た。そうなると、反対する理由もない。母親も承諾した。

那津は何年ぐらい沖小浜にいたのだろう？　結婚するという話を聞いて、将彦は「そんなのいやだ」と思い、急に那津の顔を見るのが辛くなった。顔を合わせそうになると、自分から目をそらし、遠くから那津の姿を見つけると、わざと道をそれて遠回りしたりした。やがて那津の機物には別の娘が座るようになった。沖小浜では見たことがないような嫁入り支度をするために、早々に東京に向かったという話は大人たちばかりか、子どもたちの間にまで広がった。

「女はべっぴんが一番じゃやねえ」

「頭より顔じゃよねえ」

同級生の女の子たちは自分の将来を重ねるような目をした。

その那津が、鹿児島に住んでいるという噂が耳に入った。しかも小さい男の子を連れているというのである。いったい何があったのか。不安ながら、どこかでは朗報を聞いたように胸がざわついた。

「東京暮らしが身に合わずに戻ってきたんやろ」

なんでかな、と理由を聞く将彦に、母は短く答えた。手塩にかけた織り子とは思えないあっさりした言い方である。もうそれ以上は聞くなと言っているようにさえ将彦には聞こえた。父親に聞くわけにはいかない。大人の話はわからないし興味もないが、那津が鹿児島にいて、親元を離れる将彦の食事も身の回りの世話もしてくれるというのはうれしかった。それだけで鹿児島行きの不安がどんなに和らいだことか。

子を連れて帰ってきたと聞いたけれど、鹿児島に来てから十カ月近くになるというのに、その子にはまだ会っていない。那津も話題にしないし、月に一、二度、沖小浜から商売で上鹿する父親も触れることはない。これも将彦が口を挟むことではなかった。

父は「飯をしっかり食え」「勉強しろ」と、来るたびにその二言だけを言いおいた。おまえの部屋は狭くて泊まれないからと、アパートの近くにあるという一軒家で寝泊まりしていた。そこにはまだ将彦は行ったことがない。父も、来ないかとは言わない。

島の中学から高校受験するのはクラスの五分の一程度しかいない。残りの生徒の多くは島に残って大島紬の技術者になり、その他は集団就職で関東関西に出て行く。就職組は補習授業も受けずに、その時間を農作業や家畜の世話など、家の手伝いに当てていた。

試験前に数時間、出題範囲をおさらいすればいつでも上位にいられたが、鹿児島ではそうはいかなかった。越境入学してくる生徒が多いこの学校では、どんなにがんばっても、やっと中程の成績である。これじゃ、父が思うような高校には入れない。これからが勝負じゃと言われても、将彦にはもう勝負がついているように見えた。得意だった学科も、歯が立たない。「よくできる伊良部家のまあちゃん」の自信は、みるみる打ち砕かれた。

生徒の数の多さにもレベルの高さにも、将彦は押しつぶされそうだった。進む道も見えなければ、自分がどこにいるのかも見えない。このまま鹿児島にいるのが無意味に思える。島に帰りたい。今の学校から逃げ出したい。だが、父はそれを許してはくれないだろう。

兄の龍彦が生きていれば、自分に過剰な期待を寄せられることもなかった。島の友達と同じように中学を出て、高校生になり、それから行けそうな大学に入ればそれで充分だったのに。


夕闇が迫り、桟橋のあちこちに明かりがついた。

外ではフォークリフトが慌ただしく行き交っている。出航の時が迫っても、コンテナの山はまだかなり残っている。経由する島々の正月用品は、かねての何十倍の量のようだ。

積み終えるのにあと一時間はかかるだろう。「まだ間に合う。船に乗れる」将彦は決めかねていた。

行くか、止めるか。

迷いながら何気なく待合室の裏の入口近くに体を向けた将彦は、そこに信じられない光景を見た。いるはずのない人たちが並んで立っているではないか。長いコートを着た二人の男女の向かいには、おばさんが小さいの男の子の手を引いている。

男と女はデパートの売り出しのために東京にいるはずの父、友達と温泉に行ったはずの那津だ。おばさんには見覚えがあった。たしか那津の母親だ。そうするとあの子は那津の子か。おばあちゃんが育てていたのか。なぜ、那津は我が子と暮らさないのか。幾重にも疑問が湧き始める。将彦は固唾を呑み、背を屈めるようにして彼らを見た。

父が膝を折って男の子を軽々と抱き上げ、二言三言話しかけている。男の子の名を何度も呼んでいるようだ。声は聞こえないが、口の開き方からあ行の名だと察しがついた。これまで自分には見せたことのないうれしそうな顔だ。父さん、こんな顔をすることもあるのか。男の子は父の手から那津に渡される。那津の細い腕から那津の母親が抱き取る。

待合室にいた大方の人が乗り終え、コンテナもほぼ積み終わったようだ。やがて出港の銅鑼が鳴るだろう。父は那津を促し、出口に向かった。これから二人はどこに行こうというのだろう。どこでも構いはしない。

祖母に手を引かれて、男の子がタラップを上がって行く姿を目で追っていた将彦は、彼らが三、四段まで上がったところで、桟橋に走り出た。そして、

「たっちゃん」

と下から声をかけた。父の子ならきっと龍彦という名をつけたにちがいない、なぜかそう思えた。

船のエンジン音で聞こえないのか、男の子は振り向かない。

「たっちゃーん」

もう一度、今度は大きな声で呼んだ。

すると男の子の足が止まり、だれが呼んでいるのという顔をし、辺りを見回した。手をつないでいた祖母もつられて振り返った。

将彦は彼女の目を見据え、

「お孫さんですか。父がお世話になります」

臆病な自分のどこから出てくるのか、平然として挨拶の言葉を述べた。

老女は一瞬、当惑したような顔をした。だが、すぐに観念したのか、あら、親方さんとこの、ぼっちゃんですねと言うように、深々と頭を下げた。隠し続けることに疲れてもい

たのだろう。それとも、将彦がすでに父と那津のことを知っているとでも思ったのか。知ってもらえて良かったと思ったのか。

「たっちゃん、島でお正月だね。行ってらっしゃい」

手を振って笑顔を見せると、男の子は知らないお兄ちゃんが自分の名前を知っていることがうれしいのか、うんと頷いて手を振り、祖母のに手をひかれゆっくりタラップを上がっていった。

これで謎は解けた。

母が鹿児島ではいろんなものを見るだろうが、いちいち気にすることはないと言ったことも、父が寝泊まりする家も想像がついた。結婚したはずの那津が、ほどなく子を連れて帰ってきた理由も……。

十四にもなったら、それぐらいのこと、わかるさ。

これでよし。

将彦は無性にうれしくなった。

明日の船で島に帰ろう。もう、父を怖がることはない。目の前に横たわる海など、たやすく越えることができる。これ以上、一日だって鹿児島に住むことはできない。

文句はないだろ、父さん。

あやはぶら（彩蛾）

夕暮れがせまって雨音はいよいよ激しくなっていた。ここ数日で梅雨も上がるだろうという予報がでている。今夜あたりが降り納めになるだろう。織りかけの紬の上に、這うようにして布縫《ぬのづくろ》いをする初野の指先の針が絹の糸をとらえそこねる。長年の勘もつい、にぶりがちだった。

雨降りの機織りははかどらない。大島紬の十の字絣のきれが悪く模様が合いにくいため、織り幅が伸びないというのが相場である。そのうえ、人影のないがらんとした工場でひとりというのも張り合いがないものだ。平屋造りの工場には二十数台の機が立っているが、糸の巻いてあるものは十台そこそこである。朝からきまって顔をだすのは、このところ初野だけで、他の織り子たちは、気が向いたときにやって来る。全員が顔を揃えることはめったになかった。薄暗がりのなかに立つ織り機は墓石のように冷たい。機は人が座ってこそ生きる道具であろう。

「梅雨が上がったら盆までに二反」

「いいや、内地から兄弟が帰ってくるから、うちは三反織らんと」

「じゃあ、わたしも」

「うちも、三反じゃやね」

二十数年前まで、長梅雨も終わる頃になると、織り子たちはだれかれとなく競争織りを仕掛けあったものだ。夜のうちに明日の織り目標を決めて糸に印をつけておく。いつもの二倍近い長さなので、一番鶏が刻を告げるのを待つようにして工場に出てこないと織り進めない。ほとんどの織り子が織り賃を現金で受け取り、家族の盆の入用に当てていたから、盆前の工場はおのずと活気が漲《みなぎ》った。おまけに彼女たちは家計のための前借りをしているため、織り賃から返済をしなくてはならずそのことを考え合わせると、いやが上にも精出さざるを得なかった。

夜遅くまで機にかじりつくようにして織って、一反、三丈三尺を十日前後で織り上げた。腕のいい織り子は、その時期、校長先生より高給取りだとひやかされたり羨ましがられたりした。

昭和三十年代から織り続けた初野の耳には、大島紬の全盛期といわれる時期に、工場で繰り広げられた女たちのにぎやかな話し声が残っている。

奄美大島にいたころ、競争織りがはじまると若い男たちが数人、夜伽《よとぎ》に来るものだった。菓子を持って来る者、自慢のギターを肩にかけて来る者、それぞれが思い思いの織り子の横に来て流行りの歌を唄い、話をする。織りつかれてつい眠気がさしそうになる女たちは、彼らの夜伽によって笑いに興じ、さらに一寸二寸と織りすすむ。面白おかしく話す男たちに相槌を打ちながらも、女たちの目は織物に注がれたままで、筬《おさ》音は止むことがなかった。縦糸と横糸のトンネルを行き来する杼《ひ》（シャトル）が滑り落ちると、待ってましたとばかり男が腰をかがめて拾いあげる。夜が深まり、さあ、続きは明日にしようと、だれかが声をかけるまで、織り子たちは機から降りることはしなかった。いつもなら、連れ立って唄いあそびに行ったり、浜におりて貝拾いにいく女たちのために、男たちはかいがいしくつきあった。夜伽はかねてから秘めていた思いを打ち明ける好機でもあった。この時期夜の工場は昼間以上に賑わったものである。

あんな時代は二度と戻っちゃこないんじゃろねえ。

今では盆がきても正月がきても、競争織りなどする人はいなかった。競争織りという言葉そのものさえ消えていた。

ここ鹿児島でも昭和五十二、三年ごろからあれよあれよという間に値が下がり、身近な人たちがみるみる紬から手を引いた。石を投げれば紬業者に当るといわれていたこの唐和町でも、大島紬を生業とする人は数えるほどしかいなくなっていた。ここ、十数年のあいだ工場に出入りする人の数は減る一方である。

工場主だった人の多くは、工場を改造してディスカウント店にしたり、パチンコ店経営に乗り出したりしていた。初野が織っている『ふじの織物』の社長は、親から受け継いできた紬の灯を絶やすわけにはいかないと、雑貨屋経営の傍ら、ほそぼそとながらも製造を続けていた。

一昔前までは、娘が三人いれば蔵が立つといわれたものだが、今ではせいぜい食費の足しよと織り子のほうでも割り切り、パートの合間に織る人もあった。機を立ててさえいれば、部屋代を幾らか手だししても、社宅の住人でいられるという特典があったから、年に二、三反織るだけという人もいた。

初野は暇さえあれば機物に座った。昔の上織り子も今では日当千円だね。ここ数年、夫や娘たちにからかわれながらも、それでも、一日、糸を扱わないと落ち着かなかった。もう、ほとんど病気だ。娘たちはいつ覗いても工場にいる母親を見て、呆れたように言ったものだ。

一度ゆるめて針先で織り目を合わせた布を、初野は胸の下にある布巻棒にぐぐっと巻き付けた。ここで終わってもいいんだが、と思いながら布面の張り具合を手のひらでたしかめたとき、足元のラジオがリクエストタイムに入ったので、初野はあとしばらく織ってみることにした。

夕暮れが近づいてきたからといって、あわてて帰る必要もなかった。

小さな家電会社の役付きになった夫は、付き合いが増えたといっていつも帰りが遅い。靴を脱ぎ捨てるが早いか、冷蔵庫を騒々しく開け閉めしていたふたりの娘たちも、ひとりは結婚しひとりは就職して、それぞれ親元を離れていた。

このまま織り続けてもいいが、いつ辞めてもかまわない。紬もあたしも似たような運命をたどっている。織りかけの布の上に両手をのせて、初野は今更ながらのように自分の手指に見入った。顔をかまう以上に朝晩の手入れを小まめにしてきた手である。

『ハツノの手は油手だから、紬の糸がよーく馴染む。一生、紬から離れるんじゃないよ。紬があんたを助け、あんたの親兄弟を助けてくれる……』

見習いとして働いた榮原織物の女親方、琉《りゅう》はそう言って何度も初野の手を撫で、自分の両手で包みこんだ。鹿児島に来てから琉とは、行き来がなかった。が、琉のことを忘れてはいなかった。

単調な機織りの仕事は頭を使うことはさほどなかったが、一日のあいだに思うことといえばとてつもなく広がり、とめどがなかった。何を考え何を思ったか整理がつくようなことではないが、断片的に浮かんでは消えていく事柄をまとめると膨大な量に上っただろう。人の顔にしろ言われた言葉にしろ、唐突に思い出されて、図柄を織り込みながらそのときそのときの感情の起伏まで織り込んできたような気がする。

頭の後ろに両の手のひらをあてて首をぐうーっと逸《そ》らしてみる。気を張っているわけではないが、織るあいだ中うつむいているせいで首すじが凝る。首筋を逸らしたまま左右に曲げるだけで、凝りは幾分なりともほぐれていった。親指と中指で両方の瞼をおさえる。長く織りすぎたのか、目は微熱をもっているようだ。最近では視力の衰えは著しく、眼鏡をかけていても涙目になることが多かった。指を離しても、しばらくは視界がかすんだ。

ぽっとかすんだ視線のさきに、初野は一羽のあやはぶらが飛んでいるのを見た。機にかけた蛍光灯のまわりを飛んでいるかと思うと、暗い木材の陰に羽を休める。二枚の翅を垂直にたてて触覚を伸ばし呼吸をととのえてはまた飛び立つ。初野の束ねた髪にとまり、腕の上にとまる。いやにゆったりした飛び方は気持ちの良いものではないが、追い払ったりしてはいけない。

あやはぶらは人の霊魂《マブリ》、殺しては罰があたる。

言い残すことがあって飛んで来たといわれるものじゃ。

神ガナシのお使いだから、手をかけてはいかんのじゃよ。

初野が生まれ育った地では蛾を総称して「はぶら」といい、なかでも美しい翅をもつ蛾を「あやはぶら」という。霊魂を宿していると言いつたえられ、畏れられてきた。何かいいたげな飛び方をするあやはぶらに初野は気をとられ、明かりから闇へ闇から自分の近くへとゆっくり飛び移る姿を追った。

「タッカンヌ　マブリカイ」（だれの霊魂だろう）

妖しい翅の色に老婆たちがささやきあう声がよみがえる。いいや、雨のなかに明かりをみつけて飛んできただけのことだろう。いつでも飛び出して行けるようにと、初野は背にしているアルミサッシの窓を開けてやった。

初野が織っているのは、泥大島である。茶色の地に深い緑の蔦が伸び、抑えた色調の葉が数枚ついている。ところどころに朱色の木の実がぽっちり下がって、品がいい。八掛次第では、娘たちの年齢から自分たちの年代まで、幅広く着られそうな柄である。色遣いが少なくて小付きの柄は、機からおろしたらこの朱色が生きてきそうだ。渋い色調は関東の人に好まれそうな柄行きだった。関西の女性たちは多色遣いの、どちらかというと派手なものを好む傾向が強い。桃山時代のきらびやか好みがそのまま、街の女たちの嗜好として受け継がれているのだろう。

機にかけているときに、一尺ほどの長さでみるのと機からはずして一反の織物としてみるのとでは柄の流れによって、印象がちがってくる。「機からおろして変わり、仕立てたらまた変わる、紬は生き物よなあ—織り上がった反物を広げて反取りをしながら、琉が言っていた言葉を思い出す。

機を織る楽しみのひとつは、自分が織った反物をどんな人が着るかと想像することである。十五の齢から織り始めて四十年近く、今日までどれだけの反物を織っただろうか。五百反はゆうに超えると思うのに、初野はまだいちども自分の織った柄を着た人を見たことがない。同柄は八反ずつつくられるから、その八倍の数が市場に出回っているという計算になる。タンスの底に眠ったままなのか、ヤマトンチュ（都会の人）に着てもらっているのか。どこかでは親子三代、袖を通しているという人もいるだろう。

あやはぶらは、まだ機物の回りを飛んでいる。今日はこれで帰ろう、いつのまにか織る気をそがれてしまった初野が蛍光灯のスイッチに手を伸ばすと、あやはぶらは小刻みに翅を震わせ、驚いたように翅音をさせて、外の明かりに向かって飛び去った。

翌日の昼食時、初野は新聞を見て思わず声をたてそうになった。奄美大島から一日おくれで届く南海新聞である。初野より島好きの夫が熱心に読み続けている新聞であった。

初野の目を止めさせたのは死亡広告だった。

黒枠のなかから『榮原　琉』の名が飛び込んで来た。

榮原琉　九一歳。心不全のため……告別式　七月二日……大島郡竜浦町竜浦……

喪主長男……次男・啓二郎・長女……次女……三女・榮原マリ枝と続いている。

琉、啓二郎、マリ枝。けいちゃん、けいちゃんと呼ぶマリ枝の声が聞こえる。姓が変わっていないのは、彼女がまだ独身だということだろうか。

マリ枝ちゃん。けいじろうさん。思わず口にだしそうになって初野は我にかえった。八ページしかない薄い新聞をたたんでそっと押しやり、啓二郎という名によって、呼び覚まされそうな記憶をあわてててしまいこんだ。

親方さんはいくつになられたかいねえ。母親の年を思い起こすように、新しい干支がめぐるたび、寅年うまれの琉の年を積もっていたから、九一歳という年に驚いたわけではなかった。強い気性を持ち合わせた人とはいえ、九十を越せば死ぬ日のことも思わぬわけにはいかなかった。その日がきたことを活字であらためて知ったことに胸が泡立つ。

ゆうべのあやはぶらは、あれは親方さんのマブリだったのか。ご自分で飛んで知らせに来なさった。親方さんは何を言い残したというのだろうか。

谷村初野が竜浦の榮原織物に見習いに出たのは、昭和三十四年、中学を卒業したばかりの十五歳の春である。初野は竜浦から浜伝いに南に下って数キロの、久寺村の漁師の長女として生まれた。十戸そこそこの集落では、ほとんどの家が漁で生計を立てていた。子どもたちは、隣村の中学を卒業すると女子の多くは集団就職で都会に行き、男子は親について漁に出る。漁といっても手打ち網などの大掛かりなものではなく、一本釣りだったから、合間に畑をたがやして一年を通すとやっと食べていける程度である。何年にひとり、名瀬市にある高校に行く者もいたが、経済的な援助の受けられる人に限られていた。

初野は担任や他の教師たちから高校進学を熱心に勧められた。自分でもなんとかして行きたいと希望したが、家の事情が許さなかった。弟がふたりと妹の四人きょうだいの長女であればやむを得ないことであり、両親には頼れるような親戚もなかった。

「あたし、働く。手に職をつけたい。集団就職に都会に行ってもなんも身にはつかないから、機織りを習いに行く」

どれだけ話しあっても進展するはずのない高校進学を初野はきっぱりあきらめた。その代わり、弟や妹たちはなんとしても高校に行かせよう。口にはしなかったが、初野はそのときに決心した。

遠くまで魚の行商に行くことのある母親に、竜浦町で住み込みで紬を織らしてくれる家を探してほしいと頼み込んだ。竜浦に行けば紬工場がいくつかあることは、遠足に行ったときに見学して知っていた。そこでは大人の半分が紬仕事に従事しているという説明を聞いた。通うことは無理だが、住み込みならば出来ぬことはないし、ときどきは家にも帰ってこれるだろう。

二月も終わりのころになって、母親が話を決めてきた。

ここなら、安心して娘を預けられると頼みこんで来たのが榮原織物だった。その機屋《はたや》には、母親も何度か魚を売りに行っていた。魚の行商といっても、ただ計って売ればいいというものではなく、今日は刺し身に、焼き物用にと客の要望によってその場で魚を捌《さば》くことが多い。そのせいで、他人の家の台所に立ち入ることも珍しくなかった。だんなさんが亡くなって、ここ数年、女親方さん――リュウさんという方なんじゃが――が仕切っておられる。そりゃ、さばけた方さ。そうそう、アキエと同じぐらいの娘さんがおられてね。ハツのことを話したら、娘さんのためにもちょうどよかったと喜ばれたのだと、母親は初野の気を引き立てたいのか、娘が行くことになった家の様子を明るい口調で説明した。

卒業式を終えると、その翌日から初野は榮原織物の家の離れに住むことになったのである。

「なにせ、海傍《うみばた》の、荒場育ちですから。どうか、こちらでなんなりと言い付けて仕込んでくださいますように。家の手伝いから弟たちの世話まで、小さいときからさせつけております。ハツと呼んで下さい」

「あたしの名前は谷村初野のです。はつではありません」

「おや。はっきりした娘さんじゃねえ。はつではなくて初野と呼ばせてもらいます」

母親は体を折るようにして何度も琉にお辞儀をした。なぜ、もっと堂々としていてくれないのか、初野には腹立たしい。

親方さんは六十前後だと聞いていたが、どう見ても五十代にしか見えない。

「聞いたとおり賢い顔立ちをしている娘さんじゃねえ。同じ家で寝起きをするんじゃから、一応のことは調べさせてもらったよ。どうれ、手を見せてごらん」

調べたというのは学校に問い合わせたということだろうか、思い巡らしている初野を眺め、ほれ、こんなふうにと自分の手を揃えて胸の高さに差し出した。そのとき、ふっと見せた琉の笑顔が母親より若く華やいでみえた。

「いい手をしているねえ。この手は油手といってね、糸扱いにはもってこいなんじゃよ。つやつやして、まあ、ほれぼれする手指じゃこと」

初野の差し出した両手をしげしげと見ると、琉は膝をすすめて、その時に自分の手で包んだのだった。母親とはちがって、なんと伸びやかな指をした人だろうと、初野はうっとりした。あぶらで、という言葉を初野は初めて聞いた。

　膝を進めたときに畳にこすれた着物の裾がしゃりしゃりといい音をさせた。薄茶色と深い緑の糸が、やわらかな山の尾根を描き出している。

「あ、それ。それが、大島紬ですか」

「そうじゃよ」

「きれーい」

「きれい、か。紬はきれいばかりじゃないよ。軽いし、暖かいし、長持ちもする。ま、織ればすぐわかるが。これはなあ、余り糸を集めて、一反だけこさえたんじゃよ。長雲ちゅう名前の柄なんじゃよ。ほれ、立ってみてごらん。あの山が長雲ちゅうんじゃや。尾根が続いて幾重にも重なって、堂々としているじゃろう。長雲の山を見たら気持ちが清々する」

　縁側に出て初野を手招きすると、琉は自分の宝ものでも見せるように遠くに連なる山を指さした。大柄に見えた琉は、並ぶと初野とさほど変わらなかった。なだらかな山の峰が、晴れた三月の空にくっきりと稜線を浮き立たせていた。糸の上に山を描き織り上げる。それを着物にする。初野は自分も早く織り機に座りたいと願った。

　見習いの期間は三年間とし、家事を手伝いながら機織りを覚える。最初の一年は織り賃の七割をこちらで差し引く。ただし、初めの一反は、機に慣れるために織るのだからお金にはならない。次の一年からは、織り賃の半分を支払う。

まあざっとこんな取り決めになりますがという琉に、母親は、はあはあと返事をし、後のことはそちらさんにお任せしますといちいち頷いた。どうか、月に一度ずつはハツを帰してくださいませと頼んで承諾をとると、暗くならないうちに村に着かねばならないからと戻って行った。重労働かもしれないが、海を相手に気ままにやっている母親は、琉との話には気詰まりを感じたのだろう。娘を置いていくのにさほど寂しそうな顔もみせず、すたすたと帰り道を急いだ。

その日から初野の竜浦での生活が始まった。

琉に連れられて、まず織り工場と加工場に挨拶をして回った。道路向かいにある工場では十代から五、六十代と思しい織り子たちが二十名ほど、忙しそうに筬をたたいていた。筬音に消されるせいか女たちは大きい声で話している。初野の機は上がりがまちにしつらえてある。家のことをひととおりできるようになったら、巻き付けから教えようということであった。

琉が名を呼ぶと工場の奥の方から娘たちがふたりかけてきた。今日から織り始めているという、初野と同じ歳の娘たちだった。この子たちは学校で織り方を習ってきたから覚えが早いよ。あんたはまだ触ったこともないんじゃやからねえ。琉が初野の競争心を煽《おあ》るように言った。

竜浦町の中学校では三年になると、クラブ活動で機織りの練習があるのだという。大島紬の復興に力を入れる町の有志の働きかけによるものらしい。あたしは住み込みだから雑用が多い。織り方ばかりをするわけにはいかないのだからと、初野はどうやってその穴を埋めようかと思いめぐらした。

奥の方にある加工場には男たちが数人、色の刷り込みをしたり、絣莚《かすりむしろ》を破ったりしている。創始者の市衛門の代から働いてきたという父親ほどの男たちに混ざって、若者が数名、向き合うようにして忙しく手を動かしている。

どこを向いても潮と魚の匂いのする漁師の家とはちがって、この家にはいろいろな匂いが立ち込めていた。広い庭にこさえた釜から立ちのぼる染め汁の匂いや糊の匂い、バケツに溶かされた化学染料の匂い、この家の主、琉がかもしだす凛とした匂い。

はっちゃん、きたんね。こんにちは。

元気のいい声に振り向くと、短い髪を掻き上げ息をはずませて女の子が立っている。母が言っていたように妹のアキエと同じ年格好である。ちゃん付けで呼ばれて、初野は自分のことではないような気がした。

「末娘のマリ枝。四年生。この子のこともよろしくな」

四年ということは妹よりもふたつ年上である。幼くみえるのは、小柄なせいか、それとも童顔のせいか。きっと、生活の苦労を知らずにいるせいだろう。初野は何か言いたくてうずうずしている少女を見つめた。

はっちゃんの部屋はうちの隣よ。来て来て。

初野の手をとってから、おっかさん、連れていってもいいでしょうと、甘えるような声で母親の許可をとる。

人懐っこい子なのだ。だれにも心を閉ざす必要がなく、どんなことも無邪気に大らかに享受して成長していく女の子を、初野は初めて見たような気がした。小学四年ということは十歳、ざっと計算しても琉が五十近くになって生んだことになる。年齢からすると孫娘といってもおかしくなかったが、母親が若々しくあか抜けしているせいで、どこからみても母と娘であった。厳しい琉の表情も、マリ枝を前にいつのまにかゆるんでいる。

夏休みにはけいちゃんが帰ってくるよ。けいちゃんは東京の大学に行っている。頭がよくてうんと優しいからね、なんでも教えてくれる。はっちゃんもきっと気に入るよ。啓二郎という名の兄にもらったというオルゴールを開けてみせながら、マリ枝は自慢げに言った。兄はこの妹にとって万能の人であるらしい。

まあまあ。なんでもよーく話しおる。上の娘たちとは年が離れているし、近くにもおらんからねえ。そばにいた琉が首をかしげ気味に笑った。

翌日から初野の忙しい一日が始まった。

まず、母屋に張り巡らされた雨戸を開ける。朝日の光を家中に取り入れることから商家の一日が始まると、琉に昨夜教えられた。朝食の支度、庭掃除、縁側のぞうきんがけのあとに朝食。マリ枝が学校に行くと、職人や若い織り子たちが代わる代わる来て琉に朝のあいさつをし、それぞれの場所の掃除を始めて、自分の持ち場に着く。やがて、通いのおばさんがやって来る。その時刻には初野は洗濯ものを干し終わっていなければならない。十時と三時のお茶の支度と後片付け、琉との昼食、夕食準備、間のこまごまとした用事など、初野は紙に書いて覚えた。もちろん、新入りの三人が当番ですることも同時にすることもあったが、多くは初野の仕事だった。

「家のなかにいるときは、いつでもハタキと雑巾を持ち歩く心積もりでいるように」と琉が念を押した。だれにも催促されずに、ひととおりできるようになるまで数週間かかった。

あれは、はつの、ほら、また忘れている。琉に言われるたびに初野ははっとしては悔しがった。早く機《はた》に付きたい初野は、糸の巻き付けられないままの機を触って、どんな色の糸が巻かれるのか想像した。

あしたの午前中にはつのの機、巻こうかいね。

工場を仕切っているらしいテルさんに、親方から申し渡しがあったのは、榮原織物にきて二週間目のことであった。やっと、初野の気は晴れた。早く一人前になって弟たちの学費を稼がなければ。自分の腕が上がるより彼らの成長のほうが何倍も早い気がして、気が急かされる。同い年の女の子たちは、手慣らしの棒縞を学校で織り上げ、商品としての最初の一疋、西郷柄という男ものにかかっていた。

初野は暇をみつけては工場に上がり、織り子たちの後ろに回って織り方を見た。足の踏み方、筬のたたきかた、布を巻くときの力の入れ具合など、ひとりずつ癖があって見ていて飽きなかった。

気ぜわしそうにみえる割には進まない人がいれば、たんたんと織っているようにみえて確実に柄をつくっていく人もいる。荒っぽく経糸を引っ張ってぷつんと切っては舌打ちをする人、やわらかな糸さばきをする人。指の表情もさまざまである。

翌日、テルさんが大きな背中をまるめて経糸を機に巻き付けた。糸を通したり、小さな工具をくぐらせたりと手順はこみいっていて一度や二度ではおぼえられそうもない。あっちを持って、こっちをひっぱっていてと言われるまま、初野は機のまわりをこまごまと動いた。テルさんは竜浦きっての上織り子、そばでみていたらハツノもきっと上達が早いはずじゃよ。琉も巡ってきて、これで工場の機物のすべてに糸がまかれることになると、満足そうに見渡した。

「どうしたら早く上手になりますか」

初野はテルさんに言われるまま経糸の束をぴんと引き、何かの拍子に目が合ったとき、思いきってたずねてみた。

「上達のコツねえ。なんじゃろねえ。機物《はたもの》に座ることじゃろねえ。この敷板が黒く光るぐらいに座ったら、その分、腕も上がる。小まめに座らん人は、どんなに器用でも腕は上がらんものじゃよ」

戦前から織っていたというテルさんは、手際よく糸の束をほぐし機に巻き付けていく。

戦争中も織ったんですか、という初野の質問に、テルさんはいいや、とんでもないと大きく首を振り、経糸を梳《す》いていた竹櫛を髪にさしながら、そのわけを説明した。

「贅沢品ちゅうことで、大島紬は真っ先に統制を受けたからねえ。原料は入ってこない、織りたくとも織る物がなくてねえ。戦争が終わってやれやれと思ったら、こんどはアメリカさんの世の中じゃろ。内地との行き来はできなくなるしねえ、前後十年、糸に触れんかったから寂しくて。じゃが、紬の景気はこれからよ。そのうち、いくら織ってん足りんちゅう時代がくる。あんたもいいときにこの仕事に入った。運がよかったんじゃよ」

あっというまにここ三十年間の紬の歴史をまとめて、テルさんが教えた。あんたは運がよかったんじゃよという言葉に、初野の胸はふくらんだ。

巻き付けが終わり、午後から、いよいよ機に腰をかけるときがきた。『本場大島紬・榮原織物』の口織りといわれる文字はテルさんが織り出してある。あとは柄の入った杼《ひじき》を二回、黒い地色の杼を二回と、交互に投げていけばいい。一本投げては足を踏み糸を交差させて筬をトンと打つことをわすれずに……。

頭のなかで何度も復誦してから初野は杼を持った。そして足の親指に力をこめて押さえ、糸のトンネルをつくる。その中に杼をくぐらせ糸を通した、反対側で受け取って、トンと筬をたたく。次は逆の方から投げる。ふたたびトントン。

実際にやってみると、杼を扱うのさえままならない。途中で止まったり、逆に飛び過ぎて機から落ちたりとその繰り返しである。他の織り子たちのように、杼から目を離すことなど、とうていできそうもなかった。

「背骨を伸ばして。杼はもっと軽く握らんと」

テルさんが後ろから声をかけてくる。初野はそのたびに、はいっはいっと返事をして、姿勢を正し、指先の力を抜いた。夕食の支度のために機から立つときには、二寸ほど織っていた。黒地に赤と黄色の太い縦縞が伸びている。着物にはとてもねえ、よっぽど粋筋でないと着れないねと言われているこの大胆な配色の反物は、丹前か布団の表布に使われるらしい。

ポンプで水を汲み出し、米を研ぐときになっても、初野の指にはしゃりっとした絹糸の感触が残っていた。家事の合間に時間を見つけ、張り合わせるようにして織るのだから織り足りない。手が慣れてきたと思ったときには次の仕事が待っていて、初野は一日のうちに何度も敷板から降りなくてはならなかった。

初野は仕事を終えると、琉にこれであがってよろしいでしょうかと尋ね、許可がでると自分の部屋に引き揚げる習慣になっていた。これからは、部屋に引き揚げないで、もう一度工場に出て織らなければ。それと、朝のうちに三十分でいいから機に座るようにしようと決めた。マリ枝はそんな初野に不平を言い、いつまでも初野のそばに居たがった。それなら本をもってマリちゃんも工場へくれば、親方さんの許しをもらってねと初野は提案した。見慣れたところであっても夜は特別に思えるのか、マリ枝は喜んだ。何を言い出すやらと言いながら、何回かに一度、琉は娘の申し出を許した。

一カ月はかかるだろうと言われていた棒縞の反物を、初野は二十日で織り上げた。ふうんと言ったものの、琉は別段、驚いた様子も見せなかった。初野の織り上げた反物はテルさんが目をとおし、その後、琉の手に渡った。次は男物じゃやね、という言葉が合格の証しだった。

初野が二反目に織ったのは市松の柄だった。小さな碁盤の目のつまった男ものは、縦横の十の字をあわせるために、もちろん棒縞のようにはいかなかった。左端と右端を合わせそれから真ん中のカスリを合わせる。テルさんなどはもっと複雑な柄を織っていながら、ぽつぽつと見たかと思うと筬をたたく。長年の勘で、それでもきちんとカスリが合っているというから驚く。布繕いのときに小さな補正はできるんだからと、ひと杼ごとに几帳面にカスリを合わせる初野に、それじゃ埒《らち》があかないよと注意した。

「ひっぱり過ぎたら糸がきれるし、ひっぱらないと柄が合わないし」

布繕いには神経を使い、織る以上に時間がかかった。反物の下から弱い炭火の熱を当て、それで糸の加減を調節する。いつでも使えるように、七輪に炭をおこしておくのも初野たち、新入りの役目だった。日に日に暑くなりはじめていたときだったから、炭おこしにはひと汗ながした。

女ものは一反ずつで切るが、男ものは二反、つまり一疋ずつで織り切る。これを織り切ったら、久寺村に帰ってみようと初野は決めていた。はじめての織り賃を手にして帰るというのは、どんな気持ちだろうか。母親は月に一回は帰してほしいと頼み、琉も了承したが、手ぶらで帰るのは初野の気持ちがすすまなかった。ほらっ。そういって織り賃の入った袋を差し出して、弟や妹にねえちゃんの力を示してやりたかった。

市松の柄の織り切りまであと数日と迫っていた七月初旬、マリ枝の待ち焦がれていた啓二郎が帰って来た。

ただいま帰りました、とおどけた声で工場の入口に立つ人を啓二郎だと教えられたとき、初野は驚いた。マリ枝から聞いて自分なりに描いていたイメージと、あまりにも違いすぎていたからである。初野の村では大学生をみることはなかった。冬なら角帽に詰襟の制服、黒い革靴を履き、夏なら、白の開襟シャツに学生ズボン、たしか帽子は白のカバー付き。どちらにしても近寄りがたい雰囲気の人だと、初野はかってに思い込んでいた。マリ枝の口からは、ひたすら優しい兄だと聞かされていたが、身なりや容貌までは知らされていなかった。

もさもさの髪をして、ポロシャツというのか袖口と襟もとのゆるくなったシャツを無造作に着ている。ちゃんと食事をしているだろうかと思えるほど痩せていた。

テルさんが真っ先に機物から降りて入口に向かい、古くからの人たちが自分の子を迎えるようにどやどやとそれに続いた。

初野たち、新米三人もテルさんに呼ばれて紹介される。榮原織物も年々盛んになって、楽しみなことです。運動会の工場対抗リレーは一番間違いなしと、テルさんが大きな体をゆすって笑う。

「久寺から機織りに来るって、めずらしいね」

「それが、なかなか腕がいい子です。はまりもある子で。親方さんも楽しみにしておられます」

　初野はそんなふうに紹介された。あんたたちもきばらんとね、あとの二人にはっぱをかけることも、テルさんは忘れなかった。

　マリ枝の喜びようは大変なものだった。今まで、はっちゃん、はっちゃんと珍しがっていたのもどこへやら、すっかりけいちゃんにとってかわり、兄の首っ玉に抱き付かんばかりの嬉しがりかたをした。夜がきても、初野について工場へ行きたいとも、いっしょに眠ろうとも言わなくなり、兄の傍らから離れようとしなかった。その現金さも、初野にはかわいい。

　数日経った夜のこと、夕食の片付けをしている初野の耳に、琉の荒がった声が飛んで来た。声は啓二郎の部屋から聞こえてきた。

「なにを言う。目的をまっとうするのがあんたの務めじゃないね」

「無理ですよ。自分の力は自分が知っている。過剰な期待はもうやめてくださいよ」

「あんたは、おかしなことを言い出す。この家からひとりは学者を出すというのが、お父上の願いだと、知っていなさるじゃろう。約束したんじゃろう」

「学者なんてぼくの柄じゃありません。東京には、すごい奴らが集まっている。いるって、おふくろさんも知っているじゃないですか。若いころに住んでいたんなら」

「わたしのことは言わんでもよろしい」

琉の語調がひときわ厳しくなる。

「東京がどうということじゃない。自分の問題じゃないね。負け犬になる気かい」

琉の言葉が尖ってくる。初野はこの場から退きたいが、片付けをしないことには工場へも行けなかった。

「どうしたの。東京でいやなことでもあったの。へんだよ、おふくろさん」

「お父上がいないからというて、勝手な真似は許しませんよ。兄さんを呼んで聞いてもらいます。今夜は、もういい」

琉が席を立ち、しばらくして啓二郎も家を飛び出す気配がした。親方さん、東京で、なにかあったのだろうか。この家に来て日が浅いとはいえ、たしかに、琉は自分の若いころの話をしたがらなかった。あの琉なら、どんな華やかな過去があってもおかしくなかったし、自分にはとうてい行けそうもない都会の話を初野は聞きたかった。でも、あたしには関係ないこと。啓二郎の発した言葉に、よけいな想像をしそうになったが、初野は想像することさえ失礼なことに思えて、あわてて首を振った。

啓二郎はマリ枝が寝付くのを待って外出するようになり、ゆうべも明け方に帰って来たなどと、琉は通いのおばさんにこぼしていた。そのことで、啓二郎を問いただすようなことをせず、傍観を決め込んでいるようにみえた。ひとりで考えこみ、肩を落としていても、織り子や加工者の前では家のことなどおくびにも出さない人であった。商用で訪れる客には涼やかな顔で応対し、そろばん片手にきびきびと仕事をこなした。二十日に一度ぐらいは反物を抱えてバスに乗り、名瀬の町に上った。工場に出ないで自宅で織る人も多かったから、図案や糸の手配、加工の指示など、琉の仕事は際限がなかった。

うなぎ登りに生産反数が増え、いよいよ名瀬市にも榮原織物の工場を出す計画が進められていた。名瀬の染色指導所に勤めている長男との間で、綿密な打ち合わせがなされているらしかった。名瀬には郡部から出て行く人が多い。そのため、工場の近くに、織り子たちの住まいも用意する必要があると、土地の確保にも琉は余念がなかった。

初野の機に巻かれた糸がいよいよ薄くなり、機の地肌がみえてきた。早ければ明日、おそくても明後日の昼頃じゃねと、テルさんが見積もった。まるで、お産みたいじゃなあとだれかがいうと、そうじゃよ、自分が織った反物は煩悩がある。我が子みたいなものよ、それも金を生む子だからなお可愛いとすかさずテルさんが言い返し、あちこちで笑いが起こる。

我が子みたいなんて、テルさんもおもしろいことを言うもんだと、初野が昼間のことを思い出していたとき、がんばるんだねえと言って啓二郎が工場に顔を出した。競争織りをそろそろ始めようかというときであったが、その夜まではまだ初野がひとり工場にいた。

「マリ枝がずいぶん懐いているね。ありがとう」

「あ、いいえ。でも、お兄さんに比べたら、百分の一ぐらいです」

「上がってもいいかな」

とっさに初野は返事をしかねた。そのあいだに、啓二郎はもう初野の機物の近くまで来ていた。機ひとさし分の距離をおいて、向かい側に座ったとき、初野の首筋から汗が噴き出してきそうになった。

「進学あきらめて来たんだってね。仕事に慣れたら高校の勉強してみたらいいと思うよ」

「……はい」

「ぼくの使っていた本があるよ。五年前のものだけど、使えるはずだよ」

「はい。ありがとうございます」

「でもさ、おかしいよね。自分のことは棚に上げて、君に勉強すすめている。おふくろが聞いたら、へんな顔するだろうな」

前日の母親との口論を初野に聞かれていたことが決まりが悪いのか、しょうがないねと言って、啓二郎は機にぶらさがっている金具を指で弾いた。

「東京はどんなところですか」

「東京？　うーん。おもしろい奴らがたくさんいることはたしかだね。遊びに来てみるといい」

啓二郎は近くの山にでも登るようにあっさりと言った。

「博士に、なったらいいのに」

「えっ。大変なことをあっさり言うんだねえ」

「あたしが東京見物に行くのと、どっちが大変だと思いますか」

「ええーっ。まいったな」

初野が真面目に言ったことに、啓二郎は大声を上げて笑った。どうしてそんなにおかしいのだろうか、初野はわからなかったが、啓二郎だってきっと母親の期待に応えたいのだろうという気がした。気持ち良さそうに笑う顔をみていたら、そうとしか思えなかった。

翌日、初野は琉に自分の部屋に来るようにと呼び出しを受けた。昨夜、なぜ啓二郎を工場に上げたのか、自分ももう帰るところだからと、なぜ断らなかったかと聞かれた。啓二郎は、この家の誉れを一身に担っている子だから、そのことを忘れないようにというのである。

昨夜、啓二郎と話したことを教えたら、琉もきっとこんなことは言わないと思う。だが、琉が言いたいのは話の中身などではなく、啓二郎を工場に入れたことにあるらしい。啓二郎が向かい側に腰掛けたとき、首筋から汗が噴き出しそうになったそのことを咎《とが》められているような気がした。初野には腑《ふ》に落ちないことではあった。が、隠さなければならないことなどなかったから、はい、これからそうしますといって頭を下げて琉の部屋から出てきた。そんなことより、早く一疋、織り切らなければならなかった。筬をたたいているうちに琉に呼ばれたことも初野は忘れていた。あと少し、心のなかで掛け声をかけて最後のひとおさを叩いた。

「よくきばったねえ」

テルさんが声をかけてきた。きばったね、次は女柄かいね、向かい側から祝福の声が飛んでくる。

一般的にいって、機織りは、単純な図柄の男ものに始まって女ものへと織り進む。女物の柄には、五マルキ、七マルキと段階があり、九マルキが最も高級である。習熟度によって次はどれを織らせるかを親方が決める。マルキの数が増えるほどカスリが小さくなり織るのも面倒になる。織り賃ももちろん高い。

「早く九マルキを織るようにならんとね」

新米の織り子たちはそういって先輩たちに励まされた。この工場でも九マルキを織っているのは数人しかいない。紬組合でも合否の検査が厳しく、もし織り不合格になれば損害はそれだけ大きい。不合格の反物は正式のルートでは市場に出すわけにはいかないから、親方が引き取り、格安で売りさばくことになる。そのせいで、親方の方でも慎重にならざるを得ないのだろう。

初野の織った反物は合格だった。その日のうちに仲買に買い取られたと琉が嬉しそうに言った。織り賃を手に明日は初野がはじめて久寺村に帰る日である。山を越えて浜伝いを歩いて三時間、早朝にここを発たなければならない。そばには、一緒にはっちゃんの家に行くというマリ枝が、リュックを枕元において眠っている。眠ろうとするのに初野はなかなか寝付けなかった。

「あんたには誇りというものがないんかい」

闇の中から琉の声が飛んで来た。啓二郎と言い合いがはじまる気配がする。

「村の青年たちと花札をして、あげくは殴り合いかい。榮原の家には遊び人の血など流れてはいないはずじゃが。あした、兄さんが来る。その顔をよーく見せて話すんじゃやね」

「花札ぐらいしますよ」

「なぜ学生のあんたが村の青年の仲間に入る」

「あの人たちと遊ぶとおもしろい。家とか誇りとか、関係ないからね。これっぽちの商売で、誇りだなんだって」

「啓二郎。なんて言うた。この家のこと汚すようなことを言うのは許さんよ。あんたが大学行けるのはだれのおかげか。紬のおかげじゃよ。よーく、覚えておきなされ」

「おふくろさん、人を差別し過ぎるよ」

「差別というのではない。人にはそれぞれ分がある。自分の与えられた分を生きるのが、人間として当然のことと思わないものかねえ。啓二郎は、私からどんどん離れていきおる。私にはわからん」

琉の嘆く声まで聞こえてくる。初野は耳を塞いだ。目を閉じて、そこに弟たちと妹の顔を思い浮かべようとした。殴り合ったという啓二郎の顔は腫れているのだろうか。

翌朝早く、初野はマリ枝をつれて久寺村に帰った。啓二郎のことが頭をかすめたが、マリ枝と手をつないで石ころ道を歩き、岬を回って行くうちに、いつしか昨夜の琉と啓二郎の諍いも忘れていた。

待ちくたびれて首が伸びたよと母親が言い、弟たちは、てっきり一人で帰ってくると思っていた姉が織物工場の娘を連れてきたものだから、すっかり気後れしてもぞもぞしていた。上の弟の洋が中学一年、その下の順次は小学五年である。洋が高校に行く再来年、あたしはきっと九マルキを織るようになっている、初野はうんうん大丈夫と指を折った。弟たちは貝を拾い、砂浜に穴を掘って中から小ガニを捕り出している。そのたびにマリ枝が奇声を上げる。

近くの浜まで父親の船で送られて久寺村から帰ってみると、啓二郎はすでに東京に発った後だった。マリ枝は、おっかさんが帰した、おっきい兄ちゃんが怒ったからだと泣き続けた。琉は、

「ここにいては勉強ができないからなんじゃよ。来年、卒業したら帰ってくるって。啓兄ちゃんが自分で選んだことなんだよ。マリ枝もしっかり勉強するようにという伝言じゃった」

そう言って娘をなだめた。

マリ枝はいつまでも泣き止まなかった。初野は自分にも何か伝言があればいいのにと思った。伝言はなかったが、啓二郎の使った高校の教科書が数冊、初野の部屋の隅に重ねられていた。めくると、裏表紙に『一年榮原』と書かれていた。

翌年の春、榮原織物の名瀬工場が完成し始動した。名瀬の工場といっても、原料一切は竜浦でこしらえるのだから、加工場は俄然いそがしくなった。天気のいい日には糸の糊張りをしたり、地糸が間にあわなくなると、初野たちも暇々で糸繰りの手伝いをした。こ

っちは先輩だからね、めんどう見てやらんと、と琉の頬もゆるんだ。名瀬の責任者は長男夫婦だった。ときどき顔を見せたがどちらもきちんとしていて、母親に忠実な人たちにみえた。

春にはもうひとつ、大きな果報がもたらされた。啓二郎が大学を卒業し、大学院に入ることがやっと正式に決まったというのである。本人は雑務のために帰れないということだったが、琉は親族を呼び、使用人を集めてその夜のうちに祝宴を張った。いよいよ、この竜浦からも博士が出ますなあというお祝いの言葉に、先のことはわかりませんがと受け流し、さあさ、たんと飲んで下され、啓二郎への盃はこの琉が受けましょうと、酌をして回り、差し出される酒を次々に飲み干した。琉の頬は緋寒桜の花びらに染まったようだった。着物は自らの手による長雲だった。長雲の峰々に、緋寒桜がよく映えた。

その年の秋から、初野は九マルキを織り始めた。これだけ織れたらと、テルさんが太鼓判を押したのだという。同じ歳の娘たちの腕前や、他の織り子たちのことは初野の眼中にはなかった。どれだけ早くどれだけいい出来に紬を織り上げるか、それが最大の関心事だった。織り切っても初野は久寺村には帰らないことが多くなった。次の巻き付けまでに空いた時間は、琉から縫い物を習ったり、啓二郎からもらった高校の教科書を広げたりして過ごした。家族に会いたい思いは強かったが、今は自分の力をつけておきたかった。自分に力がなければ、弟たちの力にはなれない。絶えず体を動かし知恵を働かせて、夢を実現していく琉の生き方をつぶさに見ながら、やがて十六になる初野が学んだことであった。

その年、暮れも迫ってから啓二郎が帰って来た。正月には帰れそうもないという手紙がきた、学究の身には仕方なかろうと琉から聞かされていた初野は、啓二郎の顔をみて心がなごんだ。啓二郎さんが帰ってきた。待っていたわけでもないのに、なぜかほっとする自分を知った。

「よーく親を驚かしてくれる子じゃね」

琉はまんざらでもない顔で、啓二郎のために紬の対の仕立てを急がせた。

紬組合が休みに入る前に織り上げなくてはと、工場は競争織りの真っ最中である。今年のシーブ(歳暮)は張り込むらしいよ、という噂が飛んだ。機織りは給料制ではないからボーナスは出ないが、かわりに盆と正月にシーブとして下駄や浴衣生地などが贈られる。琉の代になってさらに、暮れにはお年玉として、金一封がつくようになったということであった。

「親方さんは都会暮らしが長いから、思いつきがちがう」

と言っているところをみると、他の工場ではそこまでなされていないのだろう。

初野ははじめての九マルキを正月前に織り切れそうである。九マルキは想像以上に難しいが柄に奥行きと重みがあった。切り取って額縁に入れたら、水彩画と見まちがえられそうである。どんな人が着るのだろうと、その頃から初野は着る人を思い描いて織るようになった。着る人を想像して織ると、面白みが倍加する気がした。

明日、久寺村に帰るという夜、初野は啓二郎に呼び止められた。これ、似合うと思うよ。そう言って渡された紙袋のなかには髪飾りが入っていた。黒い輪ゴムで無造作に束ねていた初野の髪にあてると、蝶々が止まったようだった。

「きみを見ていると、なんだかほっとする。早く帰っておいでね」

手を伸ばせば、触れることができそうな位置で啓二郎が言った。

父が迎えにきて大晦日に初野は帰った。ギギーと鳴る木船に揺られて岬を一巡しながら、初野は啓二郎の言葉を思い返していた。顔を揃えた弟たちにおみやげを配るときも、初野の心はときどきふわっと飛んでいきそうになった。

おいしい。おいしい。初野は口をぱくぱく鳴らして、潮の香を吸い込んだ。これがあたし、あたしの匂い。両親や弟妹にも染み込んでいる匂い。同じ匂いのする者たちのなかにいて、初野はいつのまにか自分が浜の少女に戻っていくのを感じる。

「髪飾りきれいだあ」

初詣でに行く途中、後ろからついてくる妹に飛びつかれて、初野は髪に手を当てた。

蝶々が止まっているようでしょう、振り返って笑ってみせた。アキエにあげようね、いつもなら惜しげもなく妹に手渡しただろうが、初野の指はそっと髪留めを押さえた。あたしの髪に蝶々が止まっている、正月らしい晴れやかな喜びが湧き上がった。

年が明けて、初野はまた織り始めた。

加工場の男たちが、そんなに織ったら原料が間に合わんぞ、と冷やかした。棚には、次から次と原料が巻かれ積まれていた。ほら、あんなにたくさんあるのに。初野がむきになって言うと、ハッちゃんは真面目だからねえと笑い合った。毎日のように誰かが織り切り、誰かが巻きつけをした。

そのころ、初野は考えあぐねていたことを琉に相談した。

来年の春、弟が高校に合格したら名瀬の工場に移らせてほしいということだった。ここから仕送りするより、弟と一緒に暮らす方が安上がりだから、ぜひ、そうさせて下さいと頼み込んだ。まだ、約束の三年には達していないから、すぐにはわかってもらえないだろう。が、なんとしても承諾してほしい。

気持ちはわかるが、今、ハツノが居なくなると家のことがうまくいかなくなる。約束の期限もきてない。なにより、マリ枝が寂しがる。案の定、琉はいくつもの理由を並べ立てて首を横に振った。

初野は諦めなかった。今年の暮れまでになんとしても納得してもらわなくては。そのためには、自分の代わりをしてくれる人が必要である。初野は久寺に帰るたびに、住み込みで機を織る娘を探してくれるように両親に頼んだ。おいそれとは見つからないが、集落の区長に頼み込み、やっと来年の春卒業するという娘が承諾したと知らせがきた。娘の両親が乗り気だった。これからは紬の世がくる、ハツさんのように手熟《てしゃく》(技術)を持ってほしいという理由だというのであった。

洋が高校に合格し、初野の頼みは聞き入れられた。名瀬工場へ移ることが許されたのである。そのことを話すと、マリ枝は急に無口になった。自分も名瀬の中学に入ると言い出し、初野が越す日がきても、部屋から出てこようとはしなかった。はっちゃんなんか、来なければよかったんだ、そんなことを泣きながら繰り返し言っていた。

「マリちゃんも名瀬の高校に来るでしょう。そうしたら、いっしょにまた暮らせるんだからね」

マリ枝の泣き声を振り切るようにして、初野は竜浦を後にした。

琉が初野の名瀬工場行きを承諾したのは、初野の願いを聞き届けたからではなかった。名瀬の織り子たちの手が荒く、織りが難しくなるにつれて、不合格の反物が出るようになったことが直接のきっかけだった。

「だれか、指導者を向けんといかんなあ。テルさんは年だし、他に腕が利いて身軽な人といってそうそうおらんし。あんたに行ってもらおうかいねえ」

琉は、気乗りはしないが仕方がないという顔をして言い渡したのである。琉の心痛が、初野にとっては逆に幸運になった。

自分の反物を織りながら、他の織り子たちの機を見て回り、布面を整えたり、布の耳の張り具合をたしかめたりすることは面倒なことではあったが、住み込みのときに比べて時間はたっぷりあったから、埋め合わせは難しいことではない。ハッちゃんが触ると布が生き返るようだ、年かさの織り子に言われるとうれしくなり、初野は小まめに手を貸した。

「竜浦いちばんの織り子になる娘が来たんじゃ。もう、不合格品は出んじゃろう」

琉は組合に来たついでに工場に顔を出し、機のあいだを歩きながら声をかけた。琉が来る日は、朝から糸屑を拾い床をみがいて、織り子たちは緊張した面持ちで筬をたたいた。

弟との暮らしはどうか、マリ枝は今でもハツノを名瀬から連れてきてといって困らせているよなどと話した。琉は初野の部屋でひと休みしてから、バスで竜浦に帰った。弟さんのパン代にと、そのたびに初野に小遣いを置いて行った。そして、思いついたように手をとっては、いい艶をしているねえ、織り子は指が命じゃよと撫でて行くのだった。

そのころ、啓二郎からは頻繁に手紙がきていた。竜浦に帰っても初野がいないと思うとつまらないということや、高校の勉強はすすんでいるかということなど、たんねんに書き連ねられていた。自分が東京に行くことと、啓二郎が博士になることはどっちが大変だと思うかと尋ねられたとき、心のなかのもやもやが晴れた気がしたとも書いてあった。教授になれるかどうかはわからないが、気が滅入りそうになると初野の顔を思い出していると書いてあり、織りながら初野は文面を思い返した。

初野もせっせと返事を書き送った。名瀬での生活のこと、弟がよく勉強をするのでうれしいということを書いた。なにを書こうと考えることが楽しかった。

前触れもなく啓二郎が来たのは、初野が名瀬に来て二年目の盆前のことである。夏休みの課外授業を終えた弟は、久寺村に帰っていた。あと数日で織り切るからと、夜なべを終えた初野の部屋の前で、啓二郎が立っていた。

帰ってくるとは手紙にも書いてなかったから、初野は驚いた。そのことを告げると、急にね、急に帰りたくなったからと、照れ臭そうに前髪をかきあげて笑う。もうすぐ、海外研修に行く。そのまえに君に会いたいと思ったんだよと初野を直視して言った。

兄を迎えるような思いがしたのはどうしたのだろう。何の躊躇もなく初野は部屋を開けて、啓二郎を通した。話したいことがたくさんあった。

暗闇に電気のスイッチを探そうと手を伸ばしたとき、いきなり啓二郎の手が遮ぎった。いいよ。明かりをつけないで。言いながら、啓二郎は初野の体を引き寄せた。声を立てそうになった時、啓二郎の熱い吐息が唇をふさいだ。いけない。ちゃんと話をしなくては。それに、昼間の汗の匂いが残っている。この手を振りほどかなければ。弾き返そうと腕に力をこめるが、力をこめた腕は逆に啓二郎の首に巻き付いていく。はっちゃん、結婚しよう。はっちゃん。結婚しようね、ぼくは決めているよ。まんじりともしないで朝を迎えた初野の髪を撫でながら、啓二郎は何度も繰り返した。初野は頷いた。

「弟さんたちが高校を卒業したら、はっちゃんが東京においで。おふくろにはぼくから話すから。いいね。ぼくは真剣なんだよ」

そう言い残して、翌朝早く啓二郎は部屋を出て行った。

初野は身支度をして、いつもの時間通り工場に出た。両足の付け根から奥に、かすかな痛みが残っていた。きのうまでの自分とは違う女が機に座っている気がしてならなかった。名瀬の旅館に来ているから、すぐ来るようにと琉から呼び出しがきたのは二日後のことである。初野は覚悟を決めて出向いた。わざわざ呼び出したりして悪かったね、琉はにこやかな顔で初野を迎えた。

「ハツノは啓二郎が好きか」

「……はい」

「そうか。昨日、啓二郎が結婚の約束をしてきたというから、驚いてなあ。やっと、父上との約束を果たしてくれよるじゃろうと思うておるとなあ。親を驚かしてばかりじゃ」

琉は湯飲みを手前に引き寄せて、落ち着き払ってお茶を飲んだ。扇風機の向きを変え、着物の襟を押さえてから続けた。

「ハツノはいい娘じゃや。我が子のようにかわいい。じゃがなあ、結婚は別なんじゃよ。啓二郎は、世間を知らないから簡単に言うが、ハツノにはわかるじゃろう。人には分というものがある。釣り合いがとれんとなあ」

「あたし、結婚を承諾しました」

啓二郎を受け入れたことが何よりの約束だった。親方さんの機を織っているからといって、精神までしばられる必要はない。初野は、自分も啓二郎を思い続けていたことに気が付いた。

「これはかりはなあ。許すわけにはいかんのじゃよ」

正座をほどいて立ち上がった初野の背後から、鞭《むち》のような言葉が飛んで来た。

その年は夏がいつまでも続くかと思われ、暑さのせいか初野の体調はすぐれなかった。弟のために無理して食事は作るものの、自分の口を開けるのもおっくうになっていく。生ものの匂いにはことに敏感になり、魚屋に行くときには無理に息を殺すようにして用を足した。我が身にしみこんでいると思っていた魚の匂いが、急にこんなにも鼻につくのはどうしてだろう。

それが妊娠のせいであることを知ったのは、二カ月ほど過ぎてからのことであった。初野は啓二郎の子を宿していた。

初野の体の変調に最初に気が付いたのは琉である。旅館での話し合い以来、琉の初野に対する態度は強ばっていたが、名瀬にくれば、いつものように初野の部屋で食事をとってあれこれと話し、くつろいだ。なんだか顔色が悪いねえと言ってから、すかさず、赤児じゃろうと眉を上げた。

「はい」

「……そうか」

赤児がなあ。遠くをみるような目をしたあと、そうかい、やっぱり、と深いため息をついた。

「じゃが。このことは誰にも言ってはならん。結婚もしないうちから子を産むとは、女の恥。わかっておるじゃろ。啓二郎にもな。あの子は、遠い国でひとりでがんばっている、今が大変なときなんじゃよ」

琉は念を押すように言い含めた。そして、日をおかずにやってきた。ひとりではなく、今度は初野の母親を連れてやって来たのだった。どうであっても啓二郎との結婚を認めるわけにはいかない、赤ん坊も早いうちに始末してほしいと、分厚い封筒を差し出した。啓二郎とのことはなかったことにして、これで手を切ってもらいたいというのであった。内密に堕ろしてくれる上手な医者を紹介するから、すぐに段取りをと、母親に容赦なく迫った。

母親は平謝りに謝るばかりである。娘の体や気持ちより、琉に対する遠慮の方がはるかに勝っている、情けない母親の姿を初野は見たくなかった。ふたりとも帰ってください。静かに言い放ち、封筒を押し返した。

悪阻《つわり》はだんだんひどくなり、がまんできずに初野は機からこっそり降りては部屋に駆け込むことが多くなった。泊まり込みで母親が来た。なんちゅうことをしてくれたのか、そう言って泣きくずれたかと思うと、滋養のあるものをとあれこれ拵えては娘の体を気遣った。夜になると、やっぱり産ませるわけにはいかないのだと、これまでどれだけの女たちが堕胎をしてきたのか、思い出しては話して聞かせた。不本意ではあっても、生きていくためには仕方がないことがたくさんあるのだということも。初野はその度に首を振って、並んで眠る母親に背中を向けた。

「むかしは毒草の茎で腹の子を流した女がおったそうだ。ほれ、あの草よ、半夏生《はんげしょう》の茎を入れてなあ。今のように病院で始末することが出来なかったから。産んではならない人の子を身ごもったらなあ」

水辺に咲く半夏生の花は初野も見たことがある。穂状の白い花は可憐だったが子どもたちは誰もその花を摘まなかった。あれは毒草だ毒草だと、言い合いながら、半夏生の葉群れのある水辺は大股で飛び越えた。

「なんとしても産ましてやりたい。じゃがなあ、産むとなるとうちらもこのままでは済まなくなるなあ。赤ん坊をとるか、家族をとるか、はつ、もう一度よーく考えてくれ。それでも産みたいと言うなら、反対はせんよ。じゃが、母さんは生きてはおらん。そのつもりじゃよ」

「そんな言い方は卑怯だ。母さんは弱すぎる。貧しいからって、弱くなる必要はないんだよ」

母親というのはなんと厄介なものだろうか。子のためにと言いながら、結局は自分を守ることしか考えていない、なんとわがままな人たちなのだろう。母さんも、琉も。母親というものすべてがそうなのだろうか。あたしは世界中を敵に回しても子を守る母親になりたい。憤りと哀しさが初野を襲った。弱すぎると母親を非難しながら、初野は自分も弱者の選択をせねばならないことを悟った。

母さん、病院に連れて行って。

母親に伴われて初野は指定された時間に産婦人科を訪ねた。麻酔のために薄くなる意識のそこで、命を剥離する金属音が聞こえた。半夏生の葉群れに両足を開いて胎児を始末する女の姿が浮かんでは消えた。あの白い花の根にはどれだけの血が流れ、埋められたのだろう。女たちはあの草をなぜはびこらせたままにしていたのだろう。根こそぎ抜き取ってしまえばよかったものを。

長い夏が終わり、初野はまた機に座り始めた。しばらく離れていたせいか、敷板が馴染まない気がした。何度も座りなおしては、加減をはかった。敷板はこの夏の自分の変化を知っている気がした。女たちの季節の移り変わりを、遠い時代からじっと支え見守って来ているのかもしれない。

しばらく間をおいて、琉が立ち寄った。難儀な思いをしたねえ。あんたのお母さんとうちしか知らないことだから、なあんも気にすることはないよ。ほっとした顔でお茶を飲み、これは病気見舞いだよと言って熨斗袋を手渡した。今度も初野は受け取らなかった。

その年の暮れ、啓二郎は帰って来なかった。外国での一人暮らしで無理がたたり、しばらく入院しなくてはならなくなったと手紙が届いた。春には必ず帰るから心配しないようにと書いてある。返事を書き、初野は祈る思いで機を織り続けた。啓二郎の身の回りのことは、上の姉が見ているということを、織り子たちの話で聞いた。お金の不自由はない人なのにねえ、なぜ琉は一度も会いに行かないのだろうと、彼女たちは噂し合った。

春が来ても啓二郎は帰ってこなかった。

啓二郎の病状への不安はあったが、彼の気持ちにたいする不安は初野には無かった。ふたりのな想いは海の上で交錯しながら、それぞれの胸にたしかに届いているという実感があった。

高校二年になった洋の進路指導で、初野は担任に大学進学はどうしても無理かと聞かれた。本人は就職でいいですと答えるが、鹿児島の公立大学にも行ける力を持っている子なのに、惜しいと言うのである。育英資金を利用する方法もあるから進学の道を考えてほしいと、初野は逆に相談を受けた。

弟は進学のことなど一度も口にしなかった。家のことを考えてきっと遠慮していたにちがいない。なんとかならないだろうか、いやなんとかしなくては。帰る道々、初野は弟の大学進学の道を考えた。あたしには機織りがある。この技術を生かす方法はないものだろうか。そのときに思いついたのが、弟たちを連れて島を出るということだった。

「洋は、大学、行きたくないの」

「行きたいよ。でも、姉さんにそこまで頼むのは無理だから。順次も再来年は高校に入るし、大変だよ」

「うれしいことじゃないの。ぜひ進学しなさい。だいじょうぶ。ねえちゃんにはちゃあんと考えがあるのよ」

あと一年、ここで織ったら、再来年は洋と順次を連れて鹿児島に出よう。初野は計画を立てた。そのうち妹も呼ぶことになるだろうが、とにかくこの島から出てみよう。そうしたら、啓二郎の住む東京とも地続きになる。初野の胸は膨らんだ。

鹿児島でも紬製造は盛んになっており、奄美大島産の地球印の商標と競いあうようにして、旗印の鹿児島産の紬が伸びているというニュースは、そのころ開局したテレビでも放映されていた。本土に進出した業者たちが、鹿児島のあちこちに工場を作っているということも人伝に耳に入った。

やがて啓二郎の体調も回復し、来年の春から二度目の外国研修に行くことになったという手紙が届いた。今度は初野を妻として連れて行きたい。今度こそ、母親の承諾を得る。もし、反対されたらそのときはふたりで海を渡ろう、こちらで手筈を整えるから同行できるように心積もりをしていてほしいという内容である。はっちゃんと約束した教授への道が見えてきたみたいだよ、と啓二郎の手紙は明るい一行で結ばれていた。

春の服に身を包んでかろやかに海を渡り、啓二郎の胸に飛び込んで、ふたりで生きる世界。自分が決心すれば、その世界が手に入る。初野は飛び込みたいと思った。何も考えずに、そうしたかった。

だが、弟妹たちはどうなるだろう。いま、自分が啓二郎の胸に飛びこむことは、彼らの将来の夢を消してしまうことになる。そのときに、果たしてあたしは幸せだと思えるのだろうか。

啓二郎からの手紙を繰り返し読みながら、自分との立場の違いを、初野は実感した。彼は自分の夢にむかって生きていけばいい人なのだ。あたしの夢は、弟たちを育てること。ふたりの間にある大きな隔たりを初野ははじめて見た。

今はとても無理です。弟たちを育てることが自分の使命だと思うからと、初野は返事を書いた。不思議と悲しくはなかった。だれにも押し付けられずに、自分で道を選び歩いているという気がした。

しばらくして、啓二郎の結婚が決まったようだという噂《うわさ》を初野は聞いた。外国にひとりで行かせてはまた体をこわすからと、琉が長女の縁続きの娘と話を決めたという噂が流れた。

「啓二郎から話は聞いたよ。よう結婚をあきらめてくれたなあ……。はつのにもきっとふさわしい縁がある」

「あたしには、弟たちのほうが大切だったからです。親方さんのために、あきらめたのではありません」

結局、啓二郎には妊娠したことも中絶したことも言わなかった。それがよかったかどうかは初野にもわからない。話してもどうなるものではないという思いだけがあった。

翌々年の春、初野は弟たちを連れて鹿児島に出た。

鹿児島の唐和町のにある『ふじの織物』で機を織ることに話が決まったのである。初野には希望があった。紬さえ織っていれば私の夢が叶えられる。悲しいことも忘れられると信じていた。

親方さんを恨むんじゃないよ。うちらには恩人なんじゃやよ。見送りにきた母親が何度も初野に言い聞かせた。

いやなことはきっぱり忘れる、心配しなくていいから。初野は母親の肩を抱いた。弱い立場に慣れきった母親の肩は小さく、初野の胸にすっぽり納まった。それが哀れだった。

啓二郎とのこともこの海に捨てて行く。琉とのことは……。あたしは親方さんを許さない。親方さんを好きだけど許すことはできない。海がどんなに深くても、そこに捨て去るわけにはいかない。

鹿児島に行く話を決めて、初野が竜浦に挨拶に行ったとき、琉は寂しそうな顔をはじめて見せた。

「はつのは出世魚のような娘じゃねえ。じゃが、いつでも帰って来なされや、体をいといなされよ。はつの……この指を大切にな」

手をとってしげしげと眺め、その手を自分の頬に押し当てた。高校に入ったら、また一緒に暮らそうというマリ枝との約束を守れなかったことが、初野には心残りであった。

社宅に入り、そこで弟たちとの生活が始まった。初めて体験する内地の暮らしである。慣れないことばかりだったが工場に行けば機があり、機に座れば初野は自分が見知らぬ人のなかにいることを忘れた。紬の糸を扱い筬の音を聞いていれば、少々のことは気にも止まらなかった。機織りはなんちゅうても敷板に座ることじゃよ、テルさんの言葉に忠実に、短い時間でも小まめに機に向かった。弟たちの学費は一度も親にたよらず、すべて初野がまかなった。紬おかげじゃねえ、傍からもそんな言葉が聞こえたが、誰より初野自身がそのことを知っていた。

下の弟が大学を卒業した年に初野は結婚した。夫は奄美大島に転勤したことがあるというサラリーマンだった。奄美の黒糖焼酎と油ゾーメンがあれば何もいらないと笑う。ゆっくりとした話し方が、はつのをほっとさせた。やがてふたりの娘が生まれ、三部屋の社宅に新しい家庭が築かれた。

育児に手がかかる間、初野は住まいの傍らに機を立てて、授乳の合間や昼寝のときに織った。筬の音で目を覚ますどころか、どの娘もまるで子守り歌がわりにしているように眠った。

紬業界に暗い雲が立ちこめはじめたのは、娘たちが学校に上がりはじめた昭和五十年半ばの頃である。生活様式の洋風化にともなって紬の需要が減り始めた。時を同じくして韓国産の紬が市場に出回り始め、紬の景気は加速をつけて落ち込み始めた。伝統産業の海外流失を阻止しようと、奄美大島でも鹿児島でも決起集会が盛んに行われたが、すでにおそく、韓国に技術を流失した業者たちは、自分の手で首を締めることになったのである。それからここ十数年、大島紬は低迷の一途をたどっていた。

初野は織り続けた。

どうであろうと織りつづけること。織ってさえいればなんとかなる、初野は自分の手を信じ、紬の力を信じた。糸に触れ、機に向かっていれば心が落ち着いた。

弟たちは成長し、今度はぼくたちが姉ちゃんの加勢をする番だから、酔うとそんなことを口にして初野を照れ臭がらせた。姉ちゃんが織れなくなったら頼もうかね、笑って答えながら彼らの逞しい手足を眺めた。

初野は機に座りつづけた。竜浦や名瀬でのことを思いださないわけではなかった。尾を引くことはなかったが、雨の日など、榮原織物の庭にあった化学染料の匂いがふっと鼻をかすめることはあった。夫と娘たちとの暮らしは、あの日々のできごとを、通り過ぎた季節のこととして存在させるに十分な安らぎがあった。琉の死亡広告を目にするまでは……。

初野が思いがけない人の来訪を受けたのは琉の訃報を知ってから半月ほど経った日のことである。工場の管理人に案内されて玄関に立つ女性がだれだか、すぐには思いだせなかった。

はっちゃーん。呼びかけられてはじめて声の主がマリ枝だと気が付いた。敷板をはずし、玄関先に駆け寄った。マリ枝ちゃん……。

すっかり大人になったマリ枝の顔をまじまじと見つめた。自分が竜浦を発つとき、はっちゃんなんか来なければよかったんだと言って泣いていた少女の顔が重なった。まじまじと見る初野に、マリ枝ははにかむような表情をみせた。

「名瀬でいっしょに暮らすと約束したのに、ごめんなさいね、守らなくて」

挨拶より先に初野は詫びた。幼かったマリ枝との約束とはいえ、そのことがずうっと気になっていた。

「そうよ、はっちゃん。わたし、怒っていたのよ。はっちゃんは竜浦から名瀬に行ったと思うとこんどは鹿児島にでしょ。どんどん遠くに行って、わたしのことなんか忘れてしまったと。傷ついていたんです」

人懐っこい顔をして、きっと初野を睨む真似をした。

「でもさ、はっちゃんらしい。ひとりで機に向かっているなんて。いつも織っていたんですね」

そう言って笑うと、ますます幼いころの顔に戻っていく。

「このたびは、親方さんが……」

琉の死を新聞で知ったことを初野は告げた。

前の夜に、あやはぶらが入ってきて、機の回りを飛んで、まるで何かを知らせようとしていたことをふっと思い出したが、そのことにまでは触れなかった。

「そうなの。そのことで島に帰ったところなの」

そう言いながらマリ枝は風呂敷包みを解き、中から紙袋を取り出し、初野の手のうえに載せた。これ、預かってきたんです、はっちゃんにって。

「……あたしに、ですか」

「ええ、そう。母さんの箪笥に入っていたものなの。死ぬ前に、はっちゃんに会いたいと言ってました。でも、がまんしていたみたい」

「……そうですか」

しばらく沈黙が続いた。初野は琉と触れ合った日々のことを思い、マリ枝はマリ枝で、母親と初野の経緯を思い図ることで精一杯だったのであろう。

「母さんは何も話してくれなかったけれど、察しはつきます。許してね、はっちゃん。あの人にも、つらい経験があったの。死んでから知ったことなんですけど」

「どういうことでしょう」

「それがね。なんていうのか、わたしたちにお兄さんがいたのよ」

こんなところで立ち話もなんですからと促したが、マリ枝は笑って手を振った。飛行機の時間があるから、ゆっくりもしていられないのだと言う。板の間に軽く腰掛けてあわただしく話を続けた。

琉の葬式がすんで翌々日、伯父に伴われてきた七十がらみの紳士が、マリ枝たちの兄にあたる人、つまり異父兄弟だったのだという。

琉が東京にいたとき、恋愛の末に子を産んだが、相手の両親に反対され、結婚には至らなかった。子は取り上げられて里子に出され、琉は男から引き離された。男の妻は、親の決めた相手でなければというのが反対の理由だったらしい。結局は男も両親に逆らうことができなかった。琉は傷心を抱いてひとり、奄美大島に帰るしかなかったのである。琉の兄だけが、そのことを知っていた。

「悔しさをひとりで抱えて生きたのでしょうね。勝ち続けている人のように見えていましたけど」

「そうでしたか」

初野は喉が渇いた。そんなことがあったとは。啓二郎をなんとしても東京で成功させようとした琉の思い、それが思い起こされた。

今度はゆっくり来ますと言って立ち上がり、あ、と思い出したようにマリ枝は初野に向き合った。

「手を触らせて。はっちゃんの手」

え？　初野はとっさに意味が飲みこめなかった。

「触らせて」

「もう、こんなですよ、皺が増えて、ほら」

初野が差し出すと、両手を抱くようにして顔を近づけた。

「この手よねえ。母さんがいつも話していた手。ずうっと織り続けてよね、はっちゃん」

力をこめてくる手を握り返しながら、マリ枝の手はあいかわらずふんわりしていると初野は思った。

くるりと踵をかえして工場を出て行くマリ枝の後ろ姿を見送りながら、初野はあのことを尋ね忘れたと思った。どうして、いつまでも榮原マリ枝なのかと。そしたら、彼女は答えただろうか。わたしは、この苗字が気に入っているからなのよ、とでも。

マリ枝から受け取った紙袋には『初野様へ』と書かれた畳紙に、紬の着物が包まれていた。琉が自分で織った、長雲の着物である。初野が初めて会ったときと、啓二郎の祝いのときに着ていたのが鮮やかに思いだされた。

琉が着ていたときは、あでやかに見えていた柄だが、広げてみるとあちこちに暗い色の糸が配されている。

琉はこの一反の織物のなかに、自分を織り込んだのだろう。経糸にいろいろな横糸を織り込んで女は自分という織物を織り上げる。藍や茶や紅の色。それらの糸が織り合わされて女の一生を象っていく。

親方さんは負けたくなかった。

若い日の自分の負けを、啓二郎には取り戻してもらわねばならなかった。そのためにあたしを遠ざけた。若い頃に自分の味わった辛さを、あたしにも味あわせずにはおれなかった……。

琉の着ていたこの着物に、袖を通すことはないだろうと初野は思った。これは親方さんの着物であり、あたしのものではない。あたしはあたしの色を織り込んであたしだけの織物を織っていく。

初野はふたたび機に向かった。

足を踏み、筬をたたく。たたくたびに初野は、自分を縛っていた糸の束が、体からほどかれ落ちるのを感じた。

あとがき

二〇二〇年は語呂がよく、おまけに年女。春には念願の大島紬小説集を出そうと心積もりをしていたものの、いざ取り掛かってみると思いがけず難航し、秋も深まってやっと刊行の運びとなりました。遅れた原因は幾つかありますが、これまで書き溜めたものを読み直す作業、これが最大のホネでした。

表題の【爪】は二十二年前、【あやはぶら】に至っては二十五年前に書いたもの。勢い余って過剰な表現が多くなったり言葉足らずだったりで、手直しを始めると一向にはかどらず、揚句には話の筋まで書き直したくなる始末。

でも、途中で路線変更。姿形はどうであれ、我が手で創り出したものたちに変わりはない。粗削りでやんちゃだけれど、それこそ創作エネルギーの表れではないかと都合よく思い直して、ほぼ原形のままで送り出すことにしました。

生まれてから高校卒業まで過ごした昭和二、三〇年代、奄美は大島紬の全盛期でした。家の隣にあった紬工場《こうば》から聞こえてくる筬《おさ》の音を聞いて目を覚まし、夜は子守唄にして眠りについたものです。工場対抗リレーは小学校の運動会の花。織り子さんがスタートを切って加工技師のお兄さん、締機《しめばた》のおじさんとバトンを繋ぎ、アンカーの親方さん（父）が倒れそうになりながらゴールイン。その夜は褒美の披露で、家の襖や障子を取っ払っての大盛り上がり。古くからの織り子さんが、スカートの裾をパンツのゴムに挟み込んで走っていた雄姿が忘れられません。そんな時代を思い出しながら書き溜めた小説集です。

本の帯は奄美ゆかりの文学の友、豊島浩一氏にお願いしました。拙作を念入りに読み、とびっきりのキャッチコピーを考えていただき、心から感謝しています。

題字は姪の園田靖美が腕を奮ってくれました。長年の修業のたまものです。ありがとうね、やっちゃん。表紙絵は小学時代から絵を描くのが好きだった長男が、表紙デザインは母親の作品のファンを名乗る長女が受け持ちました。期せずして紬の恩恵を受けた者たちの手で編んだ一冊になりました。生前、嬉しいことがあると決まって「紬おかげだよ」「紬のおかげさま」と言っていた両親も、きっと喜んでくれていることでしょう。

このところ、紬業界には厳しい風が吹いていますが、きりりと立ち働く【爪】の主人公の一女《かずめ》や【盆迎え】の美濃《みの》さん、【あやはぶら】の初野の紬愛が、ささやかでも再生のきっかけになってくれたら、これほど嬉しいことはありません。

この本を手に取って下さったあなたに、お礼を申し上げます。

二〇二〇年一〇月

出水沢藍子

初出誌一覧

ここに収めた五編は、すべて同人誌「小説春秋」に掲載した作品です。

爪　八号（1998年）
盆迎え　二七号（2016年）
里帰り　二九号（2018年）
桟橋　二八号（2017年）
あやはぶら　二号（1995年）　単行本【マブリの島】所収

出水沢藍子（いずみさわあいこ）プロフィール

１９４８年奄美大島生まれ　鹿児島市在住
文章教室主宰　出版企画あさんてさーな代表

文学賞受賞歴

1997（平成９）　年　「グンセイフの夜」南日本文学賞
1998（平成１０）年　「マブリの島」新日本文学賞
1999（平成１１）年　「銀花（ぎふぁ）」文學界同人誌奨励賞
2000（平成１２）年　「還流」文學界同人誌優秀賞
2001（平成１３）年　「木瓜（もっか）」大阪女性文芸賞次席　ほか

著書

短編小説集『マブリの島』『銀花（ぎふぁ』評伝・歩き続けた画家、保忠蔵の足跡『何もいらない』『シリーズ奄美新時代の女性たち』南九州６人の管理栄養士『ビタミン系の女性たち』ほか

エッセイ・小説教室

リビングカルチャー倶楽部、あさんてさーな文章教室（マルヤガーデンズ）稲音館ギャラリー、船倉珈琲倶楽部、個人レッスン、通信講座

審査員など

南日本新聞「新春文芸」選考委員　　たつごうエッセイ選考委員
高校生小説コンクール審査員　　南日本文芸季評担当

爪

2020年11年25月発行
著　　者　出水沢 藍子
発 行 者　出水沢 藍子
発 行 所　出版企画あさんてさーな
鹿児島市緑ヶ丘町 2-23-41
TEL 099-244-2386 FAX 099-244-2730
http://asantesana-kg.jimdofree.com
印刷・製本　㈱金尾好文堂

ISBN 978-4-902212-76-1